天国から地獄へ
旅がらす二重生活

夢空　かもめ

目次

序章

「不幸は突然訪れる」「一寸先は闇」よく耳にする言葉である。だが普段順調な生活を送っている時、そんな言葉は自分達とは無縁だと思っているものだ。からす一家も例外ではなかった。

しかしある日突然、何の前触れもなく、不幸がからす一家に襲い掛かった。

魔の手は初めからすに、そしてすぐにむくへと忍び寄った。

からすは脳梗塞を発症、重度の嚥下《えんげ》障害になり、むくはちょっと信じ難いような「携帯電話事件」を学校で起こし、それがもとで不登校、鬱病へと展開していった。

負の連鎖の如く、次から次へと見舞われる不幸や苦難に翻弄され、からす一家は地獄へと転落していくのである。そして数年に亘って辛酸を舐め、苦難と闘い続けることになる。

これから始まる物語は、実際にからす一家に起こった出来事や実生活を、事実に沿って小説化したものである。

からす一家はかもめ、かもめの夫からす、二人の娘であるむくの三人家族である。

どこにでもある平凡なサラリーマン家庭で、時には家族間での揉め事や喧嘩はあったが、むくが中学に入学するまでは比較的平穏な生活を送っていた。しかし、

「大変だー！　食べ物が飲み込めなくなった！」

からすのその一言から、からす一家の不幸は始まった。

からすが脳梗塞を発症したのである。

その当時からすは四十代、むくは私立中学へ入学したばかりだった。

そもそも、からすが脳梗塞になり、その後一家が様々な不幸に見舞われることになった背景には、色々な事情が存在していた。

家族それぞれの性格的、気質的な問題、家族関係、自宅と賃貸との二重生活、それらの要因が複雑に絡み合ったことが原因となったのかもしれなかった。

第一章　運命

一、むくとからす

私立中学へ入学したむくは、片道約一時間半をかけて都心へ通学し始めた。しかしそれは想像以上に大変だったようで、しばし悲鳴を上げ、愚痴をこぼした。

それでも一人、とても気の合う友達ができたことで、何とか一学期は頑張って通学することができた。

しかし夏休みに入り、小学校時代の友人達に再会して懐かしくなったことや、通っている私立中学への通学が大変だという思いもあって、その中学をやめたいと言い始めた。その友人達の通う公立中学へ転校したいと考えるようになったのである。

二学期が始まってもむくの気持ちは変わらず、通っている中学へ登校しようとはしなかった。

（このままではまずい！　何とかしなければ本当に学校へ行かなくなってしまうかもしれない）

そう考えたかもめは思案の末、ある打開策を考えついた。

それは都心にあるむくの学校の近くにマンションを賃貸して家族で住み、一年生の間だけ、そこからむくを学校へ通わせるというものだった。

そうしながら、今後中学をどうするか考えればよいと思ったのだ。そしてすぐ、実行に移した。しかし実際に物件探しを始めると、自宅に居ながら都心の賃貸物件を探すのは結構大変だった。それで今度は、都心のホテルに滞在しながら物件探しをすることを思いついた。

そうしてやっとマンションを借り、自宅との二重生活を始めることができたのである。

「折角都心に住んだのだから、少しは都会生活も満喫したいね」

三人ともそんな思いを抱き、多少は期待しながら賃貸生活を始めた。しかし生活を始めて間もなく、期待は虚しく打ち破られた。

からすが脳梗塞を発症するという、予期せぬ不幸が襲い掛かったのだ。

それにより、からすは重度の嚥下障害（麻痺により喉の筋肉が委縮し、飲食ができず、殆ど何も飲み込めない状態）に陥った。そして病院への、長期入院を余儀なくされたのである。

恐らくこれはからすの人生の中で、最大の危機との遭遇だったに違いない。しかしそれはほんの序の口で、更なる試練や不幸の渦に飲み込まれることになるのだ。

長い闘病生活の甲斐あって、からすに回復の兆しが見え始め、病院からの退院が間近に迫った頃、今度はむくが学校で、携帯電話に絡むとんでもない事件を引き起こした。それはちょっと信じ難いような事件だった。

それが原因でむくの学校での立場が悪くなり、不登校、鬱病へと展開していった。

また鬱病での通院をきっかけに、むくは以前から自分自身に対して抱いていた、アスペルガー症候群（言葉の遅れのない自閉症）ではないかとの疑惑を一層強め、大学病院の精神科で検査を受けることになった。

その後、むくと似たような器質的、行動的特徴を持つからすも別の大学病院で自閉症の検査を受け、二人共が驚愕の事実を突きつけられてしまう。

からすが脳梗塞を患ったのをきっかけに、次から次へと不幸や苦難が襲い掛かり、からす一家の生活や家族関係は暗闇へと転じた。

それ以前の生活を天国に例えるなら、そこから先は地獄である。

こういった様々な不幸な出来事に遭遇したことによって初めて、想像し難い不幸や恐ろしい出来事が、前触れもなく自分達の身に起こりうるのだと、からす一家は認識した。そして、「不幸は突然訪れる」この言葉が他人ごとではないと実感したのである。

からす一家が遭遇した過酷な出来事の数々、苦悩の日々、それらは「事実は小説よりも奇なり」まさにその言葉どおりで、現実のこととは思えないようなことばかりだった。しかし全て真実なのだ。

それでもからす一家は、その奇妙で過酷な運命に立ち向かい、明日を信じて頑張り続けるのである。

二、幼少期から小学校時代

第一志望の私立中学へ入学したむくは、約一時間半の時間を掛けて自宅から学校まで何とか通学していた。そして一学期は無事終了することができた。しかし、二学期が始まった時、事態は思わぬ方向へと展開していった。

様々な理由から、むくは私立中学を退学し、自宅のある地域の公立中学へ転校したいと言い始めたのだ。

困ったかもめは思案の末、通っている私立中学の側に賃貸してそこからむくを通わせ、当面は自宅との二重生活をすることを思いついた。そのことについてはからすも反対しなかった。からす一家が、二重生活をしてまでむくを私立中学へ通わせ続けようとした背景には、むく自身の、生後から中学へ入学するまでの、家庭や学校でのトラブルや問題ごとが複雑に絡みあっていた。

むくは約二十年前の正月、とても元気に誕生した。そして幼少期から中学入学まで、殆ど病気らしい病気はせず、順調に成長していった。

幼児期から性格的には、自分の思ったように物事ができないと癇癪を起こすようなちょっと困った一面もあった。しかしお喋りや歌を歌うことが大好きな、どちらかというと天真爛漫な子供だった。

しかし幼稚園に入園する頃には人見知りがとても激しくなり、同年代の子供の輪の中に入って遊んだり、集団行動をするのが苦手という面が顕著になった。

しかし幸い、幼稚園では友達に恵まれ、楽しい生活を送ることができた。

その後小学校へ入学後してからも、運よく友達ができ、時には友達と多少喧嘩することはあったが、それほどのトラブルもなく、小四ぐらいまでは普通に学校生活を送ってこられた。

ところが五年生になった頃からむくは学校で、友達との間でトラブルの火種をまき散らすようになった。

友達の秘密をばらす、酷いことを言うなど、わがまま放題だったので、クラスの友達との関係は悪化していった。

その上委員会の仕事は頻繁にさぼり、その度に「ちゃんとやった」と嘘をついてはそれがばれる、そういったことが続いたので、あまり相性の良くなかった担任との関係も悪い方へ向かっていった。

そして六年生になった時、むくは最悪、極めつけの事件を、クラスの中で起こしてしまったのである。

その事件とは、授業中の態度が悪いと友達に注意されたむくがそれに腹を立て、「あんたは頭が悪い」とその友達に言ったことに端を発した。

それが原因でその友達と大喧嘩になり、その後クラス中を巻き込み、また敵に回しての争いにまで発展していったというものだ。

それ以外にも通学班では、二度も大きなトラブルを引き起こして班から抜ける羽目になり、班を変わるもまたしてもトラブルを起こしてしまった。

そんな風にトラブルメーカーのむくだったので、かもめはこのままクラスメート達と同じ中学へ進学しても、恐らくまたトラブルを起こすに違いないと思った。それでかもめは、むくが私立中学へ進学し、新たな環境で心機一転して学校生活を始めたほうが良いのではないかと考え始めたのだ。

幸いなことにむくは学校での成績が低学年の頃から比較的良かったので、かもめは小四から中学受験を視野に入れ、中学受験専門のN塾へ通うことをむくに提案した。

その案にはむくも乗り気になったので、かもめは中学受験への思いを一層強くしたのである。

三、むくの中学受験

小四から中学受験専門の塾へ通い始めたむくだったが、最初の一年間、塾の宿題や予習復習は殆どやらなかったので、かもめにはとてもやる気があるとは思えなかった。だからむくが小五になる時にかもめは言った。

「大変なだけだから、勉強したくないなら、受験は止めたほうがいいよ」

しかしむくは、

「これからはちゃんと勉強する」

そう約束したので、とりあえず続けて塾へ通わせていた。しかしその後も、むくにそれほどの変化は見られなかった。

あっという間に月日が経ち、小六の授業の先取りの始まる小五の終わりの二月、再びかもめは、ちゃんと勉強して中学受験をする気があるのかをむくに確認した。すると、

「これからは絶対に勉強を頑張るから受験させて。それと今までは国、算の二教科だけ勉強していたけど、これからは理科と社会を増やして、四科の勉強をして受験したい。大好きな歴史の勉強ができるならきっと楽しくなって、受験を頑張れるよ」

むくはそんな調子の良い返事をした。しかし正直いってかもめは、それを百パーセント信じたりはしなかった。

「簡単に言うけど、今まで二教科だけでも面倒臭がってろくに勉強しようとしなかったのに、四教科になったら勉強が倍になって更に大変になるよ。苦手な理科も加わるから、本当に勉強する気がないと受験は難しいよ」

かもめは少し厳しくむくに詰め寄った。しかしむくが、「絶対にちゃんと勉強する」そう言い張るので、受験を止めさせるわけにはいかず、結局そのまま塾通いを続けさせることになった。

小六コースが始まるとすぐ、むくの通っている塾では、クラス替えの試験があった。

しかしその試験で、むくは急にクラスが二つもさがってしまった。

そのことでむくが相当な打撃を受けたので、かもめは挫折してしまうのではないかと心配した。

しかしその心配をよそに、むくは人が変わったように闘志を燃やし、むしろ一生懸命勉強をし始めた。

その甲斐があって、一ヶ月後のテストではクラスを一つ、二ヶ月後には更にもう一つ上がり、元いたクラスに返り咲いた。

入塾して本気で勉強したのは、この時が初めてだとかもめは思った。

「すごいね、よく頑張ったよ！　この時期にクラスを上がるのは難しくて、二つもクラスを上がれる人は殆どいない、なかなかできないことだって、塾の先生が言ってたよ」

かもめはむくの頑張りを褒め、心から喜んだ。

それから暫くはむくの受験勉強は順調に進み、受験生にとっては最も重要な時期である、夏休みを迎えた。

夏休みの期間中、塾では一週間のお盆休みを除き、ほぼ一ヶ月ぶっ続けで夏期講習が開催される。殆どの受験生はそれに参加するので、むくも参加した。

午前九時から午後三時までと夏期講習はとても長かったが、むくは音を上げることなく、毎日お弁当を持参しては勉強に励み、受験に向けて闘志を燃やした。

この時期になると他の受験生も本気で勉強し始めるので、むくが多少頑張ったところで模試の順位を上げたり、更に上のクラスへ上がるのは容易ではなかった。しかし夏期講習に参加したことで確実に実力が付いたようで、志望校の合格率も少しずつだが上がっていった。

「このまま順調にいけば、志望校は大丈夫そうだね。もしかしたら、もう少しレベルの高い中学を受けることも可能かもしれないよ」

かもめはちょっぴりむくに期待をかけてそう言い、それを聞いたむくも、嬉しそうにしていた。

秋になり、志望校を含む殆どの私立中学で文化祭や学校説明会が開催されるようになると、家族で、或いはかもめが一人でそういった行事に参加したので、やっとむくの志望校が固まりかけた。

しかし受験が間近に迫った十一月末、突然むくが耳を疑うようなことを言い始めた。

「もう受験は止めたい。私立じゃなくて近所の公立中学へ行くよ。私立に行ったら、きっと私には友達なんかできないから」

「こんな受験直前になって何言ってるの？　来月に入ったら、もう受験が始まるんだよ。それに冬季講習や合格対策ゼミにも申し込みして、高いお金を払ったばかりなんだから。いい加減にしてよ！」

かもめは呆れ、開いた口が塞がらなかった。

ちょうどその頃むくの通う小学校では、公立中学の説明会や制服の採寸があり、むくはそれに参加していた。そして自分が、クラスメートと同じ中学へ行かないことを改めて認識して、ちょっぴり寂しくなったのかもしれないとかもめは思った。そうでなければ、恐らくいつもの気まぐれだろう。どちらにしろ、かもめは取り合わなかった。

しかしそれからもむくは「受験を止めたい、止めたい」とずっと言い続けた。

その一方では、年数をかけて受験のために積み重ねてきたものを完全に捨て去ることには抵抗があったようで、どっちつかずの状態に陥ってしまった。そんな状態だったので、それからは殆ど勉強らしい勉強をせず、冬休みに開かれた、合格追い込みの為の対策にも全く参加しなかった。

当然のことながら成績はどんどん落ち込んだ。それで仕方なく、かもめがむくの受験校の問題集を解き、それをむくに教えていた。そうやってでも、受験に突入するしかなかったのである。

十二月に入り、埼玉県の中学受験が始まった。こちらは都内の受験に先駆けて行われるので、都内の中学が本命の受験生が、受験慣れや滑り止めとして受けることも多い。

むくも滑り止めとして三校に願書を提出し、最終的に二校を受験した。

受験日は両日とも家族で挑んだ。最初の受験校では受験生の面接が実施されたので、むく本人は勿論、三人とも緊張した。

「合格するかな?」

むくは入学することには全然乗り気じゃなかったが、受験の合否については気になるようだった。ろくに受験勉強をしなかったむくが合格できたら奇跡だとかもめは思っていた。しかし万が一合格すれば、今後の自信に繋がるかもしれないし、もしかしたら入学する気になるかもしれないと考え、何とか合格してくれることを切望した。

合格発表は、一校はインターネットで、もう一校は翌日郵送によって行われ、むくはどちらにも見事に合格したのである。

「やったー、合格したー！　でもきっと合格すると思ってたよ」

むくは調子のいいことを言った。もっとも、その二校は滑り止めとして受験したので、レベル的にそれほど高いわけではなく、合格できたとしても不思議はなかったのだ。

その後すぐにむくと話し合い、合格した二校のうち若干レベルが高いほうの中学を、都内の本命校受験後の合格発表まで、キープしておくことにした。

それから都内の受験が始まる二月一日までの一ヶ月ちょっと、むくは殆ど勉強をせず、更にだらだらとした無駄な時間を過ごしたので、かもめにはその日々がとても長く感じられ、針のむしろの上にいるようでとても苦痛だった。

その上おたふくにも掛かったので、かもめは戦々恐々とした日々を過ごした。

都内の受験にあたっては、受験が連日に及ぶ場合も考えられたので、早起きがとても苦手なむくのために、家族で都内のホテルに宿泊して受験に挑むことにした。

都内の受験初日、二月一日を迎えた。その受験の前日から五日のチャレンジ受験まで、連続五日間都内のホテルに宿泊し、当日はホテルから試験会場へ向かったので、三人とも精神的には若千楽だった。

「ホテルにまで泊まって、何だか馬鹿なことをしている気はするよ」

かもめはそう思ったりもしたが、むくが合格することを考えればそれも仕方のないことかと思った。しかしその甲斐あって、むくは本命校と更にもう一校に、見事合格したのである。

「やったね。都内で二校に合格できるなんて大したものだよ」

かもめは半ば感動して言った。むくはそこですっかり力尽きてしまい、チャレンジ校は受験せずに、むくの中学受験は終了した。

中学受験までの数年間を振り返ってみると、家族で一丸となって同じ目標に向かうという貴重な経験ができ、その時間を皆で共有できたことは、とても素晴らしい事だとかもめは思った。そして折角むくが合格できたのだから、あとは入学してくれることを祈るばかりだった。

四、小学校の卒業式

本命の中学の合格発表後は入学手続きの関係から、公立と私立、どちらの中学へ進学するのか、むくは数日間で決めなければならなかった。

「中学はどうするの？」

かもめはむくに聞いた。

「わからない。仲のいい友達がいないから公立にもあまり行きたくないけど、私立へも行きたくない。私のような性格だときっと友達ができないから。知ってる人がいるだけ、公立のほうがましかも」

結局悩んでもむくは結論を出せなかったので、とりあえず都内の本命校に入学手続きをしておき、後からゆっくり、時間をかけて考えることになった。

しかしそれからしばらく経ってもむくは決断ができなかったので、どっちつかずのまま（といっても公立への入学手続きはしていなかった）、小学校の卒業式の日を迎えた。

「すごい、その服はよく似合ってるよ！　それにとっても大人っぽくて見違えたよ」

この日のために準備したスーツに身を包んだむくの姿はちょっぴり成長したように見え、かもめは感激したのだった。

卒業式終了後、クラスの友達は皆で写真撮影をしたり、話に花を咲かせていた。だが、あまり友達のいないむくはその輪の中に入れず、完全にその場から浮いているかに見えた。

その状態に苛立ちを感じたむくは、

「もう帰る！」

そういって立ち去ろうとした。しかしむくとは別の私立中へ進学する友達が話しかけてくれ、一緒に写真をとることもできたので、むくの機嫌は直った。

かもめはむくが小学校を卒業するにあたり、長かった六年間を振り返ってみた。

運動会、文化祭、そして修学旅行など様々な行事にむくが参加し、一喜一憂した。楽しい学校生活を送った記憶もあった。

しかし友達との度重なる喧嘩や通学班での事件、むくが中心となって引き起こしたトラブル、またそれらに関係する母親たちとの嫌悪な関係など、あまりにも沢山の問題事を抱えた六年間だったので、かもめの頭に浮かんでくるのは、そういった苦い思い出ばかりだった。それはむくにとっても同じだったようだ。

正直いってかもめは、それらの嫌な思い出を引きずったままむくがその先の学校生活を送るより、私立中学へ進学し、そういった苦い思い出と決別して心機一転、新たな生活を始めるほうが、むくのその後のことを考えると、断然良いだろうと思った。

むくも友達作りのことが無ければ、むしろ新しい環境に入ったほうが良いのでは、と考えている節もあった。

どちらにしろ、様々な思いが複雑にミックスした六年間だったことは、間違いなかった。

五、公立中学へ転校したい

四月上旬になっても、むくの決心はつかなかったので、そのまま私立中学に入学することになった。

「こんな制服いやだよ！　こんな女の格好！」

入学式当日、むくは女性用の制服を着ることに異常なまでの拒否反応を示し、文句を言い、怒りながら何とか支度を済ませた。

実は小五ぐらいから何故かむくは声変わりしてとても声が低くなり、その頃からスカートを履いたり、女の子らしい格好をすることを極端に嫌がるようになっていたのだ。かもめはその様子を見て、先が思いやられると思った。

当日からす一家は、かもめの両親を含めた、家族五人で入学式に参列した。

校内の桜の木々は、まるでむくの入学を祝福するかのような満開で、見事な花を咲かせていた。それを見たかもめは、この学校でのむくの生活は素晴らしいものになるのではないか、いや、そうなって欲しいと願った。

かもめは一応、むくが私立中学へ入学する運びになったことは嬉しかったが、様々なことを考えると、とても手放しで喜べる気分ではなかった。

新しい担任の先生やクラスの雰囲気、果たしてむくに友達ができるのか、以前のようなトラブルを起こさないかなど、あまりにも沢山の心配事を抱えていたからだ。

入学式で実際に新入生を眺めると、私立だけあり、生徒達は皆きちんとしていて真面目そうで、むくのような型破りなタイプは見かけなかった。だからかもめは、むくが学校に馴染めるのか少し心配になった。

入学式終了後、生徒と保護者、それぞれが決められたクラスに分かれて入った。

かもめが気になっていた担任の先生は二十代半ばぐらいの女の先生で、一見すると明るそうに見えた。しかしその先生の話しを聞くうちにかもめは、生徒だけでなく、保護者に対しても上から目線で、何処となく陰険な感じだと思った。

（もしかしたら、むくとはウマが合わないかも）

かもめは直感的にそう感じた。またむくの学校は女子校なので、女子ばかり約四十人が教室に詰め込まれている様は、結構威圧感があると思った。

（この学校へ入学したのは、間違いだったのかも？）

むくとは全く雰囲気の違うクラスメート達の中で友達を作り、集団生活に上手く溶け込んでいけるのか、かもめは更なる不安に襲われたのだった。

五月に入ると、むくの学校では箱根への、二泊三日でのオリエンテーション合宿が行なわれた。その時にクラスの中で同じ路線で帰る友達と一緒のグループになり、その中の一人と特に仲良くなった。

「オリエンテーションでとっても仲良くなった人が、一人いるよ」

「へー、そうなんだ！　良かったね」

むくと気の合う人はそう簡単に見つかるものではないので、かもめはすぐに友達ができたことはとてもラッキーだと思い、心から喜んだ。

それからのむくは、気の進まなかった学校生活が急に楽しくなったようで、ぎゅうぎゅう詰めの満員電車での通学や、「一に勉強、二に勉強」それが合言葉の学校生活にも耐え、何とか頑張った。

入学後初めての中間試験もむくなりに頑張ったので（といっても努力は嫌いなので、最低限の勉強で済ませようとしていた）五教科では、クラスの上位のほうに位置する事ができた。

「私って天才！　ちょっとしか勉強してないのに、成績がクラスの中で上から六番目だよ。一週間以上前から勉強していた人より上なんて凄い！」

（相変わらず、凄い自惚れ体質だ！）

かもめはちょっと呆れた。

「今回は初めてでたまたま良かったかもしれないけど、勉強は毎日の積み重ねだから、ずっと同じやり方で通用すると思ったら大間違い。すぐに下へ落ちていくよ」

しかし有頂天になったむくは、かもめの言葉なんか無視、担任からも毎日きちんと勉強するように言われたが聞く耳を持たなかった。

そんなむくだったが、一学期は担任やクラスメートとこれといったトラブルは起こさず、無事に終了し、夏休みを迎えることができた。

かもめはホッとし、少しだけ肩の荷が降りた気がした。

夏休みには学校から沢山の課題が出された。

しかし、運動のクラブに入らなかったむくは、それだけをやればよかったので、中学生にしては暇な夏休みになった。

「早寝早起きして、少しは規則正しい生活をしなさい！　もし暇すぎるなら、塾へでも行って勉強したら？」

かもめはむくに言った。しかし馬の耳に念仏、毎日だらけた生活を送っていた。

からす一家の住んでいる住宅街では、毎年七月には夏祭りが開かれるのだが、むくはそれに出かけていった。そこで中学へ入学してからは連絡を取っていなかった、小学校時代の友達と再会した。

再び携帯メールで連絡を取り合うようになったむくは、段々とその頻度が増していった。その様子を見ていたかもめには、何だか嫌な予感がした。そして八月に入ったある日、

「もう宿題はやりたくない」

突如、むくがそんなことを言い始めた。

「なんでやりたくないの？　ちゃんとやっておかないと、二学期に学校へ行けなくなるよ」

「もう今までの学校へは行くつもりがないから、やっても仕方がない。あの中学は遠いし、満員電車に乗るのが苦痛だからやめたい」

むくの考えは、既にそんなところまで発展していた。

「じゃあ、二学期からは何処の学校へ行くの？」

(むくが急にそんなことを言い始めたのには、きっと何か理由がある。もしかしたら、小学校時代の友達と再会してメールをし始めたことが原因で、きっとそこにきっかけがあるのだ)

かもめはそう確信した。それでむくには悪いと思いながらも、むくが寝ている間に、こっそりと携帯のメールをチェックしてしまった。

友達とのメールの大半は、互いの学校での生活やいじめに関する内容だったが、かもめは最後のほうに気になるメールを発見した。

「今の学校を止めて、二学期からはそっちの中学へ転校するから待っててよ。絶対に行くから！ところでそっちの学校には虐めとかあるの？」

「ちょっと意地悪い子もいるけど、私が守ってあげるから大丈夫だよ。本当に転校してくる？ 絶対に来なよ！」

かもめの予感は的中、想像していたような内容のメールが交わされていた。

それでもかもめは初めのうち、ちょっと以前の友達が懐かしくなっただけで、むくのいつもの気まぐれ、本気で転校することなんて考えてはいないだろう、新学期が始まれば、それまで通っていた中学へ再び登校するに違いないと考えていた。

しかし夏休みの終わりが近づいても、地元の中学へ転校したいというむくの気持ちは変わらなかった。そして夏休みの課題にも手を付けないまま、夏休みは終了してしまった。

「私が行く筈だった公立中学へ転校するから、もう今までの中学へは行かないよ」

むくはそう言い、新学期になっても本当に登校せず、あっという間に一週間が経過した。

しかしむくが転校したいと言ったからといって、すぐに転校できるわけではない。公立と私立では授業のカリキュラムに違いがあり、また制服や教科書などの問題もあるからだ。

この問題をそのままにしておくわけにもいかないので、かもめは途方に暮れた。

かもめは仕方なく相談するために、むくの中学へ出向いていった。

担任や学年主任に事の詳細を伝えると、

「そういうことでしたら暫く様子を見ましょう」

そう言われた。

（でもこのままにしていたら、取り返しのつかないことになるかもしれない）

そう思ったかもめは思案の末、ある苦肉の策を思いついた。

中一の終わりまで、都心にあるむくの中学の側に賃貸し、そこからむくを学校へ通わせ、自宅と賃貸との二重生活を送るというものだった。

そんな事を思いつかず、また実行しなければ、その後に起こる不幸は避けられたのかもしれないが、その時のかもめには、そんなことを想像できる筈もなかった。

第二章　地獄への道標《みちしるべ》

一、恐怖の賃貸二重生活

「私立と公立だと勉強のカリキュラムが全然違うし、学期制も違う。制服とか教科書も準備しなければならない。それだけでなく受け入れ先の学校の都合もあるだろうから、すぐに転校するのは無理なんじゃない？　三学期からとか、二年生からとかなら何とかなるかもしれないけど」

「それで考えてみたんだけど、学校の近くに小さな部屋を借りて二人で一緒に住んで、一年生の間だけそこから通学するっていうのはどう？　そうすれば、満員電車での通学は取り敢えずしなくて済むから楽になるでしょ」

かもめはそうむくに提案した。

（都心だから賃貸の費用が高いのは覚悟しなければいけないけど、短期間の予定だから何とかなるだろう）

かもめは我ながら名案だと思った。その件については何度かむくと話し合ったが結論はなかなか出ず、更に二週間が経過した。

学校には事情を説明していたが、時間が経てば経つほど事態が悪い方へ展開しそうな気がしたので、かもめは再度むくを説得し、結論を迫った。

それと同時にかもめは、むくが本当に公立中学へ転校したいのなら、時期をみてそうさせようとも考えた。しかし心の片隅には、むくが苦労して入学した私立中だから、何とかそこで卒業してもらいたい、そういう思いがないわけではなかった。

最終的にむくはかもめの提案を受け入れ、一年生の間だけ賃貸で生活しながら私立中学へ通うことで納得した。

こうしてからす一家の、奇妙な二重生活は始まった。恐らくこの時から、運命の歯車は音も立てずに狂い始めたのだろう。

都心で賃貸生活を始めることに決めたまでは良かったが、いざ物件探しを始めると、それは思いの外困難だった。

都心から自宅が遠い上、その当時は今みたいにスマホやタブレットが普及していなかったので、自宅でパソコンだけを使って物件探しをするのでは情報量が限られていたし、時間も掛った。

また都心では２ＤＫぐらいの広さの部屋でも賃料がバカ高く、諸費用もそれに伴ってどうしても高額になる。その上持ち家である一戸建ての住宅ローンやむくの学費、これらを全て家計で賄うとなるとかなりの費用が掛かるので、少しでも格安で希望近い物件を探さなければならなかったからだ。

からすも含めた三人で住める広さの物件を探せるのが理想だったが、もしそれが無理ならかもめとむく、二人だけで賃貸生活をするのもやむを得ないという結論に至った。

時間的な余裕が無いにも関わらず物件探しが難航したので、切羽詰まったかもめはまたしても妙案を思いついた。

都心の格安ホテルで生活しながら賃貸を探し、尚且つむくをそこから学校へ通わせるというものだった。そしてそれをすぐ、実行に移した。

初めの一週間、からすの会社と契約していて会員料金で安く利用できる、高田馬場のホテルに滞在して物件を探した。しかしその間には見つからなかった。仕方なく更にもう一週間、今度はインターネットで見つけた池袋の激安ホテルに移動して、引き続き物件探しをした。

ホテル滞在中は毎朝、コンビニでお弁当を購入し、それを自宅から持参した弁当箱に詰め替えてむくに持たせ、学校へ通わせていた。そしてその間の夕食は、ほぼ毎回外食だった。

それから、むくは学校での宿題や勉強は、ホテルの部屋で行なっていた。

そんな生活をしながら、からすとかもめは一生懸命賃貸物件を探したが、なかなか条件にマッチした物件は見つからなかったので、もう諦めるしかないのかと思ったこともあった。しかしその週末、かもめはインターネットで検索していて、運良くほぼ希望に近い物件に巡り合うことができた。

その物件はむくの学校の隣駅の、駅からは徒歩六分ぐらいの場所にあった。

すぐに不動産会社に連絡を取り、早速その日の夕方、からすとその物件を内覧した。

築十五年ぐらいは経つ2DKの物件で、スペース的にはかなり狭かったが、室内はリフォーム済みで比較的綺麗、家賃もほぼ予算に見合う物件だった。

（きっとこれより条件に合う物件は見つからないに違いない。この物件に決めるしかない！）

かもめはそう直感した。

物件探しに疲れていたからすもすぐに賛成してくれたので、その物件を借りることに決まった。やっと窮屈なホテル生活から、解放されることになったのである。

このちょっと奇妙な、ホテル暮しをしながらの賃貸探しは、からす一家、特にむくにとっては忘れることのできない、強烈な思い出となったようだ。からすが脳梗塞になる直前の、健康で元気だった頃の、ある意味幸せな思い出といえるのかもしれなかった。

賃貸マンションの家賃は管理費込みで十一万六千円、その場所としては決して高いほうではなかった。しかし前家賃、敷金礼金、それに仲介手数料などを加算するとかなりの高額で、総額では約八十万円近くにもなった。また当然、保証人も必要になった。

だがからすもかもめも、高齢の両親にそういったことを頼むのは申し訳ない気がしたので、そのことついては仲介業者に相談した。

その結果、かもめとむくが二人で住むという前提なら専業主婦のかもめでも契約者になれ、からすが保証人という形で契約が可能だといわれた。それでその方法で、賃貸契約を取り交わすことになった。

契約の翌週、無事に審査が通ったので何とか賃貸のために工面した諸費用を支払って、やっと契約が成立した。

九月の半ば過ぎにはからすとかもめの結婚記念日があるのだが、たまたまその日に引っ越すことになった。だからかもめは、結婚当初のような期待を胸に抱き、新たな気持ちで新生活を始められるような気がしていた。

二、からすの身体に異変が

賃貸マンションに住むのは短期間の予定だし部屋も狭いので、引っ越しといってもほぼ身の回り品だけを持参して、移動するつもりだった。それで引っ越し業者には頼まず、二台のマイカーのみで運ぶことにした。しかし当日、実際に運んでみると、二台の車で二回ずつ運んでも、運びきれなかった。

「想像以上に荷物が多いね！　これ以上運んだら身動きができなくなるよ」

かもめは荷物の多さにびっくりすると同時に、嫌気が差した。運びきれなかった分は、一応後日運ぶことにして、その日は一旦終了した。

賃貸契約では、むくとかもめの二人だけでそこに住むことになっていたので、当然荷物は二人分しか運ばなかった。しかし引っ越しが終わったところでからすが言った。

「やっぱり一人じゃ寂しいから、何とか一緒に住みたい。それに一緒に生活したほうが、光熱費とか余計なお金が掛からなくていいよ」

かもめも確かにそうだとは思った。それにからすは結婚してから単身赴任の経験はおろか、出張すらも殆ど無かったので、からすの寂しい気持ちもわからなくはなかった。

しかし問題は部屋の狭さだ。二人でも狭いスペースに三人なんて絶対に無理だ、あり得ないとかもめは考え、大反対した。だが結局、からすのあまりのしつこさに負け、かもめは少しの間だけ一緒に生活して様子をみるということで、了解してしまった。

もしかもめが断固としてその時反対していたら、迫り来る悲劇から逃れられたのかもしれなかった。

自宅と賃貸との二重生活が始まるとあっという間に一ヶ月が過ぎ、十月も半ばになった。

その短期間の生活で三人の生活や精神状態は確実に変化した。かもめは狭い部屋での生活に過度のストレスを感じ、イライラしたり怒りっぽくなり、精神状態が不安定になっていった。

からすも何かといえばすぐに怒って切れるようになり、二人の間では喧嘩が頻発するようになった。

「こんな狭い部屋に三人で、これ以上生活するなんて絶対に無理。ちゃんとした家があるんだから、そこに戻って生活してよ！」

かもめはからすに訴え続けた。しかしからすは一向に聞き入れないので、かもめの精神状態は日々悪化し、いつ爆発しても可笑しくないような、極限の状態にまで達した。

狭さへの許容範囲は人によって違うと思うのだが、かもめは何より狭いのが苦手だ。もし、狭くても新築の家と、広いが築二十年ぐらい経っている家、そのどちらかの二者択一を迫られたとしたら、かもめは間違いなく後者のほうを選ぶだろう。

この生活に限界を感じ、多少でも息抜きをしないと精神的に良くないと考えたかもめは、週末だけでも本宅に戻って生活してくれるよう、からすに懇願した。

嫌々ながらもからすが了解してくれたので、その週末、すぐに実行に移した。

「すごく広く感じるし、息苦しくなくなったね！　このまま二人で生活したいね」

かもめは信じられないぐらい精神的に楽になり、生き返った気がした。

（ストレスは身体に良くない！　これ以上、三人一緒にここで生活するのはご免だ！　からすが何と言おうと、からすには別々に生活してもらおう）

かもめは心の底からそう思い、決心した。

のんびりした週末を過ごしたかもめは、日曜日の朝を迎え、朝の心地良い微睡みの中にいた。すると突然、携帯電話のベルが鳴った。

（こんなに朝早く誰？）

かもめは出るのが面倒なのでそれを無視した。しかしすぐにまた、ベルが鳴った。あまりにもしつこく鳴り続けるので仕方なく出てみると、それはからすからで、いきなり大声が聞こえてきた。

（大変だよ！　身体が可笑しくなっちゃったみたい。きっと白血病になったんだよ！）

恐ろしく呂律の回らない喋り方でからすが言ったので、かもめはびっくりした。

（いったいそれはどういうこと？　いきなり白血病って言われてもわけがわからない！）

その後も、からすは支離滅裂なことを言い続けた。

「なんで白血病なの？　鼻血でも出たの？　他には何か症状があるの？」

流石にかもめは焦り、からすに問いかえした。

仕事柄、からすは以前から大型コンピューターに囲まれた職場で仕事をしていて、白血球が減少気味なのは確かだった。数年間に亘ってその状態は続いていたので、かもめは白血病の可能性を、全く否定はできないと思った。

「大変なんだよ！　ご飯を食べようとして飲み込んだら、全然飲み込めなかった！」

「飲み込めないってどういうふうに？　白血病じゃなくて、風邪で扁桃腺が腫れて飲み込めなくなったとかじゃないの？」

「わからない。とにかく全然飲み込めなくて、全部吐き出した」

からすにいくら聞いても支離滅裂で説明不足なので、かもめには事情が理解できなかった。だからかもめは、風邪で扁桃腺が腫れ、その痛みのために飲み込めなくなったのだろう、そう勝手に解釈するしかなかった。そしてかもめは、からすに言った。

「もし車の運転ができそうなら、すぐに休日でも診察してくれる病院を探して、診てもらったほうがいいよ。後から私もそっちに行くよ」

「そうだね、医者に行ったほうがいいよね。じゃあとにかく、今から病院を探して行くから、後でこっちに来てね」

一旦電話を切ったあと、かもめは急いで身支度して出かけ、数時間後にはからすが診察を受けている病院へ到着した。

からすは丁度、点滴を受けている最中だったので、それが終わるまでかもめは待合室で待っていた。

三十分ぐらい経つと、からすが待合室のほうへ出てきた。その足取りはふらつき、顔色は死人のように青ざめ、まるで生気がなかった。

「扁桃腺が腫れてるの？　熱は高いの？」

「風邪で扁桃腺が腫れているらしいよ。薬を出してくれるから、それを受け取ったら終わりだよ」

そう話すからすの喋り方は、その時も呂律が回っていなかったが、普通の風邪と聞いたかもめはすっかり安心し、他の病気かもしれないという疑いは特に持たなかった。

薬局で薬を受け取ると、からすはすぐに飲みたいと言った。

看護師さんに水を貰ってからすに渡すと、薬を口に入れ、水と一緒にゴクンと飲み込んだ、そう思いきや下を向き、水と薬を全部床に吐き出してしまった。

「いったいどうしたの？」

かもめはその様子を見てとってもびっくりした。

「やっぱり飲み込めないよ」

どうして飲み込めないのかかもめはとても不思議だったが、以前かもめ自身も扁桃腺が腫れて、何も飲み込めなくなったことがあったので、それを思い出して、きっとからすも同じような状態なのだろうと勝手に推測した。そして翌日にでもなれば多少は喉の腫れが引いて楽になり、飲み込めるようになるだろう、そう思いながら病院をあとにしたのだった。

駐車場へ向かう時、かもめはからすの後からついていったのだが、からすはふらふらした足取りで、斜め左の方へ向かって進んでいった。

何だか可笑しいとかもめは感じたが、高熱のせいだろうと思って深くは考えなかった。もしその時、その様子にもっと疑いを抱いていたら、その後のからすの運命は違っていたかもしれない。

二人は病院に来た時と同じように、二台の車を別々に運転して本宅へ戻った。

「本当に風邪なのかな？」

何となく釈然としないかもめはからすに聞いた。

「もしかしたら、神経かもしれないって」

「神経ってどういうこと？　喉の神経が切れたとか？」

からすは普段から会話において、単語だけ断片的にいうとか、説明が苦手で言葉が足りなかった。だからこういう時には本当に困った。

自分自身が理解しているだけで、人にはちゃんと伝えられないので、からすの症状について、かもめはきちんと把握することができなかった。こういったことが、からすにとって災いしたことは否めなかった。

「明日もう一度同じ病院で、詳しく検査をしてもらうかもしれないから、何かわかるかもしれない」

「また明日も行くの?」

かもめにはからすの話の意味がよくは分からなかったが、それ以上聞いても仕方がないと思い、敢えて聞かなかった。

翌日は再度検査を受けるというので、もう一晩、からすには本宅に泊まってもらうことになった。

かもめには、不安そうなからすを一人残して帰るのはとても忍びなかったが、むくをほったらかしておくわけにもいかず、仕方なく賃貸マンションへ帰宅した。

その日のからすはまる一日、飲むことも食べることもできず、夜は一人で不安と闘いながら、孤独な夜を過ごさなければならなかった。

三、からすの病名わかる

「今日になってもやっぱり飲み込めない。だからもう一度昨日の病院に行って、詳しく検査してもらうよ」

「やっぱり駄目なの？　後でそっちに行くけど、よく調べて貰ってね。もし何かわかったら、すぐに知らせてよ」

翌朝からすからの電話で、症状が良くなる気配が全く無いと知らされたかもめは、更に心配になったが、検査の結果が出るのを待つよりないと思った。

それから三十分ぐらい経った頃、再度からすから電話があった。

「昨日念のために受けた、頭部のＣＴ撮影の検査結果は異常が無いから、病気の原因がよくわからないらしい。だから今日は別の病院に行ってＭＲＩ検査を受け、その後耳鼻科でも検査を受けるように言われた。さっき耳鼻科に来て、だいたいの検査が終わったところだよ。色々と検査して貰ったけど、喉が動かないから、もしかしたら脳の神経かもしれないって。このあと近くの大学病院の耳鼻科宛に紹介状を書いてくれるっていうから、それを明日大学病院に持っていって、診察を受けることになると思う。診察は明日だから、明日来てくれれば大丈夫だよ」

「本当に明日で大丈夫？　病名がはっきりしないから不安だろうけど、明日になれば分かるかもしれないから、とにかく元気を出してね。それから、何日も食べてないんだから、点滴は絶対して貰ったほうがいいよ」

翌日は大学病院でからすと待ち合わせをした。その前日に、他の病院で受けたＭＲＩ検査の画像を持参して、からすは病院へ現れた。

一昨日に比べ、からすの顔は更に蒼白で生気がなかった。しかし真っ直ぐに歩けないということはなく、普通に戻っていた。ただ左側の顔面の口角筋が口を動かしても殆ど動かず、麻痺した人のように下がっているのが、かもめには気になった。

「予約がしてあって、全然混んでいないのに随分待たされるね。診断は怖いけど、待たされると緊張して嫌だよ」

かもめは不安で胸が張り裂けそうだったが、診断結果やからすの病名がどうかということより、一刻も早くもやもやした気持ちから解放され、楽になりたいという思いのほうが優っていた。

結局診察まで一時間近く待たされ、やっとからすの番になった。

からすと一緒に診察室の中へ入ると、耳鼻科医は親切で温厚そうな先生だったので、かもめは少しほっとした。

からが診察を受けている間、かもめは一応診察室のカーテンの外で待っていて、診察が終わって結果を聞く時に、再び診察室へ入った。

（運命の時が来た、怖い！）

先生はまず、からすの喉を撮影した写真を二人に見せ、そして言った。

「先程の写真で見ると、喉の奥が蓋を閉めたみたいに塞がっていて、殆ど閉鎖状態なのですが、わかりますか?」

「検査で唾を飲み込んでもらおうとしても、喉の奥が閉鎖していて殆ど動かないので、飲み込めないのです」

「えーっ? そうなんですか?」

確かに、写真で確認させてもらうと、まるで貝が蓋を閉じたみたいに喉の奥がピッタリ塞がっているのが分かった。

(こんな奇妙なことってあるの?)

詳しくは解らないまでも、このちょっと異常な状態にはかもめもびっくりし、それと同時に、信じられない気持ちで一杯になった。しかしこれは、ほんの序の口だった。

次に先生は、からすが持参したＭＲＩ検査の画像を取り出して、説明し始めた。

「この画像を見ると、この辺りにはっきりと脳梗塞の様相があります。この脳梗塞による麻痺が原因で、喉が動かなくなった可能性が高いです」

(ガガーン!)

「脳梗塞ですか? もしやと思ったりもしましたが、本当にそうなのですか? いったい何が原因ですか?」

かもめは医師に聞き返さずにはいられなかった。

かもめは少しでも早くからすの病名を知りたいと思ってはいたが、実際にそんな恐ろしい診断を受けると、ショックで頭の中が真っ白になり、呆然としてしまった。

（からすはいったいこれからどうなるの？）

かもめの脳裏に、限りない不安がよぎった。

「発症から三日目ですから、まだとても危険な状態です。すぐに何処かの病院に入院して、治療を受けなければいけません」

「何処かご存知の病院はありますか？　もしあれば連絡を取りますし、無いようでしたら近くの病院をご紹介します」

かもめはできれば、別宅である賃貸マンション近くの、都心の病院が希望だった。しかし受診した大学病院は本宅の近くだったので、医師が紹介してくれるとしたら、きっとその近辺の病院だろうと思った。

知っている病院が無いので考えていると、突然からすが意外な事を言った。

「会社は都内の○○にあるので、できればそのすぐ近くにある、総合病院に入院したいのです。そこには脳神経外科がありますから」

その病院は都内にあったが、別宅マンションからそれ程近くはなかった。しかし、からすが仕事の都合を考えてそうしたいというなら、仕方がないとかもめは思った。

「〇〇病院ですか、その病院の連絡先は分かりますか？　私が連絡を取ってあげましょう」

医師はそう言ってすぐにその病院に連絡してくれたので、後はからすが向かうだけでよかった。

できればからすに付き添ってかもめも病院まで行きたかったが、準備のために一旦は賃貸マンションへ戻らなければならなかった。だから、取り敢えずからすだけが一人で先に、病院へ向かうことになった。

病院までは電車で一時間ぐらいは掛かるので、かもめはとても心配だったが、それもやむを得なかった。

「驚かないでよ、脳梗塞だってことがやっと分かった。だから今日から入院することになったよ」

マンションへ戻ってむくにからすのことを伝えると、人のことにはあまり関心の無いむくでも流石に驚いていた。

その後かもめは、すぐに入院に必要な最低限のものを用意し、からすの待つ病院へと急いで向かった。

かもめは午後七時過ぎに病院へ到着した。救急処置室へ行くと、既にからすは入院のための様々な検査を始めていて、ちょうどＭＲＩ検査が終わったところだった。

看護師さんから、すぐに入院手続きの書類一式を渡されたので、それらに記入したのち保証人の欄にサインし、看護師さんに提出した。

自分が入院する訳ではないが、何分初めてのこと、かもめは極度に緊張し、とても疲れた。

からすは飲食ができない状態なので個室を希望していたのだが、その時点では個室に空きはなかった。だから一旦は四人部屋に入り、個室が空き次第、そちらへ移ることになった。

「暫くは検査が続きますし、それが終わって病室へ移動したあとは完全看護ですから、手続きが済んだら帰っても大丈夫ですよ」

看護師さんがそう言い、からすも「もう帰っても大丈夫」と言った。

かもめは、からすの病状についてはとても気になったが、意識は一応はっきりしているし、発症当時に比べたら症状が落ち着いているような気がした。また病院へ入院できたことで、からすの身の安全が確保されたようで少し安心し、病院をあとにしたのだった。

（何はともあれ、病名がはっきりして入院できたのは良かった。これでやっと、一人で本宅にいるからすのことを心配しなくてもよくなったし、からすも不安に怯えなくて済む。これからいったい、どうなるのか全くわからないから不安で一杯だけど、今夜だけは何も考えずに寝てしまおう。あとはからすの生命力と運を信じるしかないんだから。それにしても、この数日の出来事は、現実に起こったことなのかな？　まだ信じられない。もしかしたら夢？　いや、きっと夢に違いない。明日の朝起きたらきっと元気なからすが目の前に現れ、何事も無かったような生活が始まるのだ）

かもめはそんなことを考えながら、いつしか眠りに就いていた。

第三章　天国から地獄へ

一、入院生活、始まる

別宅へ引越し、その生活が落ち着く間もなく、また何の前触れもなくからすが脳梗塞を発症したので、暫く経ってもかもめには、それを現実の事としてなかなか受け入れることができなかった。

それまで二十年以上、からすは病気といえるような病気をしたことの無い健康体で、かもめと結婚してからも、会社を休むことは殆ど無かったので尚更だった。

からすは脳梗塞にしては、普通に歩いたり話すことが出来たので、かもめは次第にからすの症状は軽いほうだと考えるようになり、短期間で回復し、退院できると期待するようになった。

そう考えることで、次から次へと溢れ出る不安を消し去り、心のバランスを保とうとしていたのかもしれない。

翌日かもめが、再度入院に必要な物を持って病院へ行こうと準備していると、からすから電話があった。

「今日個室が空くから、午後になったら四人部屋からそっちへ移るよ」

「ふうん、随分早く空いたね」

からすは食べ物や飲み物を殆ど飲み込めず、口に入れてはすぐに吐き出すので、相部屋だと同室の入院患者に迷惑が掛かってしまう。それで個室を希望していたのだ。

すぐに個室に空きが出たのはラッキーだと思った。しかし家族が入院するのは初めてなので、個室を利用した場合の費用等については殆どわからなかった。だから、いったいどのぐらいの入院費が掛かるのかはとても気になった。

からすは会社の組合の健康保険に加入しているので、長期で入院したり、手術を受けた場合の高額医療費は、一部を除き、その大部分が健康保険組合から給付されることになる（しかし前もって、全額立替えて支払っておく必要はある）。そういったことは調べて分かっていた。また民間の生命保険会社では、三大成人病保険や医療保険にも加入していたのだが、何分初めての経験なので、かもめは心配で仕方がなかった。

その日の午後病院へ行くと、既にからすは病室を移動していた。

「わりといいお部屋じゃない。お風呂やトイレもあるの？」

「お風呂は無いけどトイレはある。お風呂付きだと高いし、どっちにしても今は入れないから、あっても意味無いけど」

「この個室はいくらなの？」

「多分、一日で八五〇〇円ぐらいかな」

「個室って高いんだね」

「トイレ無しならもっと安いけど、無いと不便だからね。掛けてる医療保険で大体は賄える金額だから、いいよね？」

「うん、仕方ないよね、飲み込めないんだから。でも私が言ったように、医療保険に入ってて良かったでしょ。まさか使うことになるとは全く思っていなかったけど」

個室のランクは何段階にも分かれていて、それによって差額ベッド代も変わってくる。からすの入った個室を、かもめは初め高いと思った。しかし実際は安いほうで、料金的には下から二番目のランクだった。

病室の広さは六畳ぐらいで、設備としてはベッドの他に流し台、洗面所、トイレ、ロッカーなどが備え付けられていた。こういった感じが、わりと一般的なタイプなのかもしれない。

からすは医療保険を二社に加入していて、給付日額は二社合計でちょうど八〇〇〇円。またそのうちの一社では、うまい具合に三大成人病保険にも加入していた。

医療保険で差額ベッド代がほぼ賄えると分かったかもめは、ちょっぴり安心した。

「絶対に病気なんかしないいって言ってたけど、万が一の事を考えて保険に入ってて良かったよね。脳梗塞になっちゃうんだから、人生って本当に何があるかわからないよね！　それにしても医療保険だけじゃなくて、三大成人病保険にまで加入してたのは、すごいよね。何となく予感がしたのかもね」

からすには申し訳ないと思ったが、こういう状態になってしまっては、むしろラッキーだとさえ思えた。

この日はからすが入院後、初めて病院で夕食を食べるので、かもめはその様子を眺めることにした。

嚥下障害にも関わらず夕食は一応出されたが、殆ど飲み込めないので、食事の形状は普通食とは少し違っていた。

おかゆにしたご飯、煮魚や煮物を柔らかく煮てペースト状にしたおかず、そしてデザートにはゼリーが添えられていた。

またからすにとっては食べ物より水を飲むことのほうが難しかったので、飲料水としては、ゼリー状にしてチューブに入れられた物が出された。

からすはそれらを懸命に口に運び、何とか少しでも飲み込もうとしていた。しかし殆ど飲み込むことはできず、すぐに吐き出してしまった。そんなことを何度も繰り返すからすの様子を見て、心配になったかもめはからすに聞いた。

「入院する前より、少しは飲み込めるようになってるの?」

「駄目だよ、殆ど変らない。飲み込めないままだよ」

「この病院は入院している間、点滴をするだけで、リハビリとかしないのかな?」

「まだ何も言われてないよ」

（病気になってもう何日も経つのに、少しも回復する兆しがない。このまま何もしないでいたら、少しも良くならない気がする）

そう考えたかもめは、更に心配になってきた。

それから数日経ってもからすの食べ方は進歩せず、口に入れて噛んだ食べ物の僅かな汁が体内に入るだけで、食べることでは殆ど栄養を摂取できていなかった。だから最低限の栄養確保の為、朝晩二回の点滴は欠かせなかった。

それによって、生命を維持しているといっても過言ではなかった。しかし、やはり食べ物からの栄養摂取と同じようなわけにはいかず、日増しに痩せ、体力も低下していった。

二、ベビーフードが食べたい

からすが入院して五日目ぐらいに病院へ行くと、再びからすは別の個室へ移動していた。

「なんでまた移動したの？」

「隣の部屋の患者さんが夜中に痛がって苦しむ声が聞こえてきて、全然寝られない。だから替えてもらったんだけど、室料はこの前の個室と同じだから」

からすが言った。

かもめは夜中、病院にいないので病室の様子は分からないが、からすの言うのを聞き、夜の病室は昼間とは違って、ちょっと怖そうだと思った。

（病院には入院したくない！　もし夜中に患者さんの苦しむ声が聞こえてきたら、きっと自分なら、怖くて寝られないに違いない。そして病院から逃げ出そうとするかもしれない。白い壁に囲まれているだけでも頭が可笑しくなりそうだから、できれば一生、病院のお世話にはなりたくない）

かもめはそう思った。

入院後一週間が経過した時点でも、からすは食べられるようにならなかった。しかし（そのうちきっと、食べられるようになる）からすはそう信じて、疑わなかった。

食べることにとことん執着し、諦めずに頑張った。そしてある時、かもめに言った。

「病院の食事は味が薄くて美味しくないから、条件反射が起こらない気がする。それで喉が動かないのかもしれない。ペースト状のベビーフードなら、買ってきて貰って食べてもいいって先生が言ったから、今度来る時に、何処かで買ってきてよ。できればリンゴとかサツマイモみたいに、甘くて美味しそうなのがいいな！」

「へーっ、先生がそう言ったの？　良かったね。そう言われてみると、確かに病院の食事は美味しそうには見えないね。じゃあ、明日また来るから、その時に買って、持ってくるよ」

（そろそろ食べられるようになって貰わないとやばいから、可能な事は試してもらったほうがい

い)

かもめはそう強く感じ、からすが希望することにはできる限り協力したいと思った。

翌日病院へ行く途中、住んでいるマンション近くのドラッグストアやスーパーへ立ち寄り、ベビーフードを探した。しかしどういう訳か置いていない店が多く、あってもからすには食べるのが難しい、離乳食後期のものだけだった。

「どのお店にも、食べられそうなのは置いてないよ。多分この辺は独身の一人暮らしの人か、高齢者が多くて、若いファミリー世帯が極端に少ないからじゃない?」

「無いの? 隣の駅はどうかな? それよりデパートのほうがある気がする」

からすはちょっとがっかりしたような声で言った。

「デパートね? そこならあるかもしれないね」

郊外まで行って探す時間は無かったし、以前、デパートの赤ちゃん用品売り場へ寄った時、離乳食が置いてあったのを思い出したので、そこへ寄ることにした。

(良かったー! 置いてある)

赤ちゃん用品の売り場へ行くと、種類は多くないが、確かにベビーフードが並んでいた。そして嬉しいことに、からすが食べたがっていた、リンゴやサツマイモのも置いてあった。

(ラッキー!)

かもめはとても嬉しかったが、値段を見た途端その高さに、嬉しさは吹き飛んだ。やはりデパートだけあって、扱っているのは高級品のようだった。

(高いから、買うのを止めちゃおうかな。からすには売っていなかったって言えばいいよ)

一瞬、かもめはそんなケチな事を考えた。しかし直ぐにからすのがっかりした顔が浮かんで来て、その考えを振り払った。そして、リンゴとサツマイモの離乳食を二瓶ずつ購入した。

(店員さんはまさかこれを、大の大人が食べるとは思っていないだろう。もしそうだと分かったら、きっと驚くに違いない)

かもめはこれらをからすに食べさせる為に購入するのは、嬉しいような悲しいような、何だか複雑な気持ちだった。

「デパートで買う時は、とっても変な気分だったよ。悲しいやら可笑しいやら、複雑だった」

かもめがそう言いながら離乳食をからすに渡すと、

「どっちもすごく美味しそう。夕食の時にゆっくり食べるよ」

とても嬉しそうな顔で、からすが言った。

(やっぱり買ってきて良かった。これらを食べたら本当に嚥下障害が回復するかもしれない。それにしても、離乳食で喜ぶなんて可哀想なからす、可哀想過ぎるよ! 産まれたての赤ちゃんだって、ミルクのような液体ならちゃんと飲めるのに、からすはそれさえもろくに飲めないんだから。からすの嚥下の状態は赤ちゃん以下になってしまったのだ)

その日の夕食後、からすからメールが届いた。

「サツマイモの離乳食を食べたけど、とっても美味しかったよ。ありがとう」

「少しは飲み込めたの？」

「時間を掛けたら、ちょっとずつだけど飲み込めた。やっぱり美味しい物だと、飲み込みがいいみたい。病院の食事は不味いから駄目だよ」

「良かったね。これから少しずつでも食べられるようになるといいねー！　また買って行くからね」

そんな内容のメールを交した。そしてかもめは、

（これをきっかけに、少しずつでいいから、何とかからすの嚥下障害が回復していって欲しい）

そう強く願わずにはいられなかった。

三、痩せがらす

脳梗塞発症後、回復していく段階で、経過した日数により、急性期、回復期、維持期の三段階に分けられていて、その段階に合わせてリハビリが行なわれる。

近年医学や薬剤の進歩により、脳梗塞を発症しても、三時間以内に、血栓溶解剤が投与されるなど、早期治療が行われた場合には、脳細胞の死滅を最低限に留めることが可能になってきた、と言われている。

つまり発症時に、麻痺や失語症などの症状が出現していた場合でも、二週間ぐらい経過して回復期に入る頃からは徐々に症状が緩和し始め、後遺症が軽減、若しくは殆ど残らずに回復できるというのだ（しかし早期治療ができなかったからといって、症状が全く軽減しないというわけではないらしいが）。

からすはちょうどその頃、回復期に入ったところだったが、早期治療を受けられなかったのが原因なのか、残念ながら殆ど回復の様子は見られなかった。

たまたまからすは、運悪く一人で本宅に泊まっている時、しかも就寝中に脳梗塞を発症したようで、本人もすぐには気が付かなかったのだ。

また救急車で病院へ行かなかったこと、病状についてのからすの説明不足、その他諸々の事情が重なったことが災いし、早期治療どころか、脳梗塞の診断を受けるまでに三日以上も経過してしまっていたのだ。

そんな大幅な治療の遅れが、からすの回復に多大な影響を及ぼしたのだろう。

それから脳梗塞の起こった部位についてだが、その発生場所の悪さも、からすの嚥下障害を重症化させた原因の一つではないかと、かもめは考えている。

後頭部の中心より下側には、延髄と呼ばれる部分がある。そこは人間の体を司る中枢神経が集まる重要な場所で、球状をしていることから、別名「球」と呼ばれている。

からすの場合、その場所に「動脈乖離《かいり》（動脈内部の壁が何らかの原因で剥がれること）」が起こり、その剥がれた膜が血管を塞いだために、脳梗塞が引き起こされ、球麻痺に陥ったのである。

またこの部分のすぐ隣には呼吸を司る神経もあるので、ほんの少し場所がずれていたら呼吸困難を起こし、命取りになっていた可能性もあった。そういう意味では不幸中の幸いといえるのかもしれなかった。

そもそもからすには、成人病など脳梗塞の下地になるような要因が無かったので、何故発症したのか不思議だった。医師によると、その原因を特定するのは難しいが、スポーツ選手などには時々、動脈乖離による脳梗塞が見られるとのことだった。

同じ動作の繰り返し等で弱くなった血管の膜が剥がれたり、スポーツによる一時的な血圧の上昇が原因のようだ。

「それにしても、なんで脳梗塞になったんだろうね？　不思議だよね」

からすはスポーツを殆どせず、高血圧などの症状も全く無かったので、考えれば考えるほど、かもめには不思議で仕方なかった。しかし世の中には、理屈では説明の付かないことは沢山あるのだろうと思った。

「随分痩せたね、こんなに痩せて大丈夫なの？」

一週間ちょっと経った頃、かもめと一緒にからすのお見舞いへ行き、久々にからすに会ったむくはその激痩せぶりに驚き、とても心配そうに言った。かもめもそのことは気になっていたので、その時からすに言った。

「本当に痩せたよね。このままリハビリも何もしないで、ただ入院しているだけだと、なかなか食べられるようにはならない気がする。でもリハビリしようにも、この病院にはリハビリテーション科が無くて無理だから、早くこの病院を出て、どこか嚥下障害の専門的なリハビリを受けられる病院へ移ったほうがいいと思うよ。リハビリを始めるのが遅くなって、後遺症で嚥下障害が残って、食べられないままになったら困るし、少しでも回復させないと、会社へ復帰できないんじゃない？」

「そうだよね？ 早くリハビリを始めたほうがいいよね。後で先生が来るから聞いてみるよ」

かもめの言うのを聞き、流石のからすも少し心配になったようで、不安気な表情で言った。

「初めの頃より少しは良くなったかどうか、喉の奥を見て」

翌日病院へ行くと、そうからすが言うので、かもめは恐る恐る覗いてみた。するとからすの期待に反して、喉の奥がまるで上下がくっつかんばかりにキュウッと変形してひん曲がり、殆ど閉じたような状態になっているのが見えた。

「初めの頃、殆ど隙間が無いぐらいにピタッと閉じていたから、それよりはましになったかもしれないけど、そんなには変わってないみたい。だからやっぱり、飲み込むのが難しいのかもね。特に喉の左奥は斜めに曲がっていて、上下の隙間が無いぐらいに塞がっているよ」

からすの外見を見ているだけでは、そんな風に喉の奥が変形しているとは、とても想像がつかない。しかし実際には、麻痺で手足の筋肉が硬縮するのと同じように、喉の中も見事に委縮していた。また、上下の歯の噛み合わせも完全にずれ、斜めに隙間が空いてしまっていた。そんなからすが口を開けた顔は、何だかアニメの天才バカボンに出てくる『レレレのおじさん』のようで可笑しく、からすには申し訳ないが、かもめは思わず、笑いそうになってしまった。

「リハビリのこととか、パソコンで色々と調べてみるよ」

からすの喉の中を見て、更に危機感を抱いたかもめは、少しでも早くからすの病気が回復するように、病気について詳しく調べ、研究しようと思った。

人間が生きて活動していく上で、自力で食べるということは必要不可欠、且つ最も重要なことである。それによって生命を維持しているといっても、恐らく過言ではないだろう。

いくら点滴で栄養補給したとしても、それには限度があり、どうしても食べ物から摂取するのと同じような訳にはいかない。

この頃になってからすはやっと、自分自身が自力で食べることができなくなっているという事実を、はっきりと認識したようだった。

もっともかもめもそれまでは、からすの症状の中では特に喉の麻痺による嚥下障害が酷いが、それ以外の後遺症は比較的軽いほうだと考え、不幸中の幸いだと思っていた。しかしそれは大きな間違いで、むしろ障害としては重度なほうなのではないかとの認識に、変わっていった。

（何とかしてからすを治したい！）

脳梗塞や嚥下障害について、少しでも沢山の情報をパソコンで収集しようと決めたかもめだったが、困ったことに、賃貸のほうにはパソコンを設置していなかった。どうしようか悩み、そしてインターネット・カフェを利用することを思いついた。

四、からすの回復率は五〇パーセント

インターネット・カフェで色々と調べていくうちに、かもめには段々と恐ろしい事実が分かってきて、ショックを受けた。

脳梗塞発症後、二、三週間経過し、回復期に入っても初期症状が軽減しない場合には、そのままにしていては回復するのが難しく、後遺症として残ってしまう。また、専門的なリハビリをしない限り、殆ど回復が期待できないということ、これらのことを知ったからだ。

からすの場合、様々な症状が現れていたが、特に嚥下障害が重度という珍しい状態だったので、どこのリハビリテーション科でもリハビリが可能、というわけではなかった。

嚥下障害専門の設備を備え、専門的な知識を持った医師や言語聴覚士がいる病院でなければ難しい。だがそういった病院は至って少なく、都内でもごく僅かだというのだ。

また仮に、専門的なリハビリが受けられた場合でも、麻痺の程度や年齢によって回復には個人差があり、回復しない可能性もあるという。その場合は口から食べ物を摂取することは半永久的に不可能か、或は殆どを流動食に頼らなければならない。

（これって本当？　そんな怖いこと、絶対に信じられない！　からすの喉みたいに、局所的で強い麻痺の場合、良くなる可能性はかなり低いということ？）

かもめの心臓は怖さのあまりドキドキし、頭には血が上った。しかし手足は氷のように冷たくなり、頭以外の全身は寒気がして具合が悪くなった。恐らく血圧が、急に上昇したのだろう。

それから、重度の嚥下障害の患者の場合、リハビリをしたとしても回復率が低く、第一回目の脳梗塞発症時、麻痺が片側の場合で回復率が約五十パーセント程度。つまり二人のうち一人しか回復しないということだ（といっても病気の発症年齢、患者に治そうとする意志があるか無いかによっても変わってくるので、一概には言えないのだが）。

リハビリを行っても嚥下障害が改善されない場合には、鼻からの経管栄養（チューブを利用）、或は胃に穴を開け、直接流動食を注入する胃瘻《いろう》という方法、そのどちらかを医師の判断で選択し、栄養を摂取することになる。

これらの事実を知ったかもめは、愕然とした。

（ガガーン！　もしそうなったら、からすはいったいどうなるの？　会社へ復帰なんてできるの？　いや、きっとできっこない！　会社に行ってチューブで栄養なんて聞いたことないし、不気味過ぎる。第一会社がその為の時間や場所を提供してくれるとはとても思えない。もし仮に会社での経管栄養が可能になったとしても、口からの飲食ができないからすが、人とのコミュニケーションが必要不可欠な会社という組織の中で、以前と同じようにやっていける筈はない！　こんな現実は酷過ぎる、もうどうしようもない。もしからすが働けなくなったら、私立中学へ入学したばかりのむくや、今後の生活はいったいどうなるの？）

考えれば考えるほどかもめの不安は膨れ上がり、とうとうそんなところにまで、考えが発展していった。

からすの恐ろしい現実を知ってしまったかもめは、それからの数日間は不安と絶望に苛まれ、無気力状態に陥った。からすの病院へ出向く元気も無くなった。

しかし暫くすると、かもめは現実に引き戻されることとなった。からすには時間が無いということを思い出し、頭を切り替えざるを得なくなったからだ。

（からすが回復しないと決まった訳じゃない。とにかく今は、すぐにからすにリハビリを始めて貰い、治ると信じて現実に立ち向かっていくことの方が大事だ！）

現実に戻ったかもめは手始めに、インターネットで調べておいた嚥下障害の専門書を、二冊購入した。

それらは恐ろしく値段が高かったが、そんなことをいってはいられなかった。

そしてすぐに、それらをからすに渡して読んでもらい、病室でできるリハビリを始めてもらえば、多少でも回復の助けになるのではないかと考えた。

「嚥下障害のリハビリに役立ちそうな専門書を買ってきたから、すぐに読んで、できそうなリハビリを始めてみてよ」

かもめがそういってそれらの本を渡すと、

「ありがとう。早速読んでリハビリを始めるよ。何だか、すぐに良くなりそうな気がしてきた」

専門書を手にしたからすは、嬉しそうに目を輝かせながら言った。

「頑張ってね。更にリハビリについて調べるから、何か分かったらすぐに知らせるね」

かもめも良い方向へ向かいそうな気がして、ちょっぴり嬉しくなった。

五、やっと退院できるの？

からすが入院していた病院は都内にあったが、賃貸マンションからはかなり遠かったので、そこへの行き来には結構時間が掛かった。

だからかもめは病院へ行く時には、午前中に用事や夕食の支度を済ませ、昼頃に自宅を出て病院へ向かった。そして夜まで病院にいることが多かったので、外で夕食を済ませてから帰宅することも珍しくはなかった。

帰宅する頃には、いつも精神的に激しく疲労していたので、帰宅後にむくと話をしたり、一緒に過ごすことは殆どできない状態だった。

引っ越して環境が変わったむくは、実は友人関係や学校生活についての様々な悩みを抱えるようになっていた。

そんなむくの様子に気づき、話を聞いてあげられていれば良かったのだが、かもめには精神的、時間的余裕が無く、それができなかった。

そしてかもめの知らないうちに、いつしかむくの精神は蝕《むしば》まれ、徐々に悪い方向へ向かっていった。後日それは、とんでもない事件となって噴き出してくるのである。

一方からすは、かもめから受け取った本を参考に、病室でできるリハビリに取り組んでいた。しかし依然として食べられる様にはならず、回復の兆しは見られなかった。そのためからすは、更に不安と焦燥感を募らせていった。

「早くリハビリをしたいのに、先生からはまだ何も言われない。このままだと食べられなくなる気がするから、今日の午後、また先生に聞いてみる。それから髪の毛が伸びて気持ち悪いから切って」

以前にも増して精神状態が不安定になり、鬱の傾向まで出始めたからすはイライラするようで、少しでも気分を変えて自分自身を落ち着かせようとしていった。

それにしても、リハビリテーション科のない病院に入院してしまったのは失敗だった。

もしリハビリテーション科のある病院に入院していれば、もう少し早くからリハビリを受けられ、多少でも回復していたかもしれないとかもめは思った。

「入院したばかりの頃と比べて、少しは嚥下障害が良くなっているのですか?」

その日の午後、かもめが病院にいる時に担当医の診察があり、からすは切羽詰まった様子で聞いた。

「入院当初より回復されて、良い方向へ向かっていると思います。ただ普通ならこの時期に入ると、発症時に現れた症状が緩和し始めるのですが、まだ麻痺による萎縮の症状が強いみたいですから、回復には今少し時間が掛かるかもしれません。もう少し経って状態が落ち着いてきたら、リハビリのできる病院へ転院して、リハビリを始められたほうが良いと思います」

担当医は、そうからすに言った。

「本当に初めの頃より、少しは良くなっているのですか?」

担当医に言われても心配で仕方のないからすは、更にしつこく聞き返した。

「大丈夫です。ただあなたの場合は、もう少し時間が掛かると思ってください。それから点滴を外せていないと転院はできないので、これからは点滴と併用して、鼻からチューブを入れて、流動食で栄養を取る練習を始めたいと思います。今は症状が安定しているようですから、早速今日から始めてみましょう。体力がついて点滴も外せたら転院が可能になりますから、そろそろ転院先を探し始めてみてもいいですよ。相談室の精神保健福祉士にも相談してみてください」

担当医はそう言った。今度は少し、からすは安心したようだった。

(鼻からチューブ? からすのことを少しでも安心させようとして、先生は色々と言ってくれるけど、本当はもう回復しそうにないと考えているから、チューブを入れて経管で栄養摂取って言うんじゃない? きっとからすは永久に、口からは食べられなくなるのだ!)

かもめはとても驚き、そしてショックを受けた。

後になってから、からすもこの時同じようなことを考えていたと知った。

それでもからすは、悲観的に考えていては駄目だとすぐに頭を切り替え、マイナス思考を振り払った。

（この先生は内科医なの？）

担当医の回診の時、名札を初めて見たかもめは、その担当医が内科医だと知ってとても驚いた。脳梗塞で入院したので、当然、脳神経外科医だと思っていたのだ。

また入院している病棟が外科でなく、内科の病棟だということも改めて認識した。

「先生は内科医で病棟も内科。脳梗塞で入院したのに、何か変じゃない？　確か脳神経外科があるから、この病院に入院したいって言ったよね？」

「わからないよ。きっと手術するわけでもないし、入院した時に既に三日も経っていて、できる治療が特に無いからじゃない？」

（他にも沢山病院はあるのに、なんでこんな病院に入ったの？）

かもめは何だかもやもやした、釈然としない気持ちでいっぱいになった。と同時に、この選択は失敗だと思った。

「転院先はすぐに見つかるかな？」

心配そうに聞くからすに、

「大丈夫。きっとすぐに点滴が外せるし、良い転院先も見つかるよ」

かもめは明るく言って、安心させようとした。

しかし内心では、嚥下障害のリハビリは特殊で、専門的な設備がなければ難しいので、簡単には見つからないだろうと考えていた。

六、リハビリ病院へ転院

流動食を行うためには、まずはチューブを鼻から胃のほうへ向かって挿入しなければならないのだが、その練習は結構大変そうだった。

「鼻から管を入れるのはすごく痛いし、難しいよ」

チューブの太さは直径七、八ミリ、長さは約五十センチ。からすは何度か挑戦してみたが、なかなか胃の付近まで到達せず、何度も入れ直すことになった。

その度にからすは、痛がって嘆いた。

ちゃんと入ったかどうかの確認は、看護師さんがからすのお腹に聴診器を当て、脈打つ音で確認しようとした。しかし、

「可笑しいですね？　音が聞こえませんよ」

チューブを三度入れ直し、確認して貰ったが同じことを言われた。そして四度目は、とうとう

看護師さんが担当医を呼んできた。

「大丈夫です。音が聞こえますよ」

苦労の末やっと上手くいったので、からすはホッとした表情をしていた。

（音が聞こえないってどういうこと？ もしかしたらお腹の中も麻痺しているのかな？）

かもめはまたしても不安になった。

流動食は三五〇ミリぐらいの缶入りで、それをからすは専用の容器に移し替えて鼻から差したチューブに取り付け、その容器を手で持ちながら流動食を流し込んだ。

「食事の度にチューブを差し込むのは大変ですから、暫くは差し込んだままにしておきましょう」

からすの様子を見た担当医がそう言うと、からすは嫌そうな顔をした。

すぐではないにしても、からすは一応、リハビリ病院へ転院することは決まっていたので、二人で手分けして、一生懸命転院先を探した。しかし、手頃な料金で、個室に空きのある病院はなかなか見つからなかった（料金のバカ高い個室なら、比較的どの病院でも空きがあったが）。

「早く嚥下障害のリハビリを始めないと永久に食べられないままになる。近くの病院に空きが無いなら遠くの病院でもいいから、とにかくすぐに転院したい！」

からすの焦りは頂点に達していた。

かもめは、もし自分がからすと同じような立場だったとしたら、やはり同様の心境になるかもしれないと思った。もっとも自分なら、その前に精神的に持たず、可笑しくなってしまうような気はしたが。

（空くまで待つしかないのかな？）

二人とも諦めかけていたところ、病院で転院の相談をしていた、精神保健福祉士の女性から、からすに連絡が入った。

「転院について伺っていた幾つかの病院のうちの一つから、さっき連絡がありました。急にベッドに空きが出たので、すぐに転院できるそうです。ただ個室ではなく四人部屋なので、一旦はその部屋に入ってもらい、個室に空きが出た時点でそちらへ移ることになるそうです。奥様とよくご相談していただいて、もしその病院への転院を希望されるなら、今日中に私にお返事をください」

そういった内容だった。

その病院は都内にあるリハビリ専門病院で、第一希望の転院先だった。

からすの希望は個室だが、その病院に空きが出ただけでもラッキーだとかもめは思った。どちらにしろ、転院先についてはからすの意見に任せるしかなかった。

「個室じゃないけど、その病院に転院する？」

かもめがからすに聞くと、

「どの病院でも、空きのある個室は高い部屋ばかりで、すぐには入院できそうにない。だからその病院へ転院したほうがいいと思う。いつ空くかわからないのをずっと待っているより、少しでも早くリハビリを始めたほうがいいよ。それにこの病院に入った時みたいに、すぐに個室が空くかもしれないし」

「そうだよね、早くリハビリを始めたほうがいいよね」

相談の結果、からすは紹介された病院へ転院することに決まった。

鼻からチューブを入れて流動食を行ったおかげか、からすの身体は順調に回復して体重も増えた。入院後四週目に入ると、点滴は時々受けるだけになった。

そこで担当医と話し合い、五週目の初めの月曜日に退院し、同日中に転院先の病院へ移動することに決まった。ただ、その日までに、完全に点滴を外しているということが、転院の条件なのは同じだった。

からすは転院の日を心待ちにし、病室では自分でできる嚥下障害のリハビリや（氷を舐めて脳に刺激を与えて嚥下反射を促したり、口の筋肉を使った体操をするなど）、『鼻からチューブ』の痛い流動食も我慢して、点滴と縁を切ろうと懸命に努力を重ねた。

それらの努力の甲斐があって、からすは何とか退院する日までに、完全に点滴を外すことに成功した。

「これで本当に退院できるんだね。この病院での生活は毎日苦しかったから、長く感じたよ」

「本当だよね。早くちゃんと食べられるようになるといいね！」

退院当日のからすは、それまで見たことのないような、明るく晴れ晴れとした顔をしていた。

（もしかしたらからすは、刑期を終えて刑務所から出所する、囚人のような気持ちなのかもしれない。きっと今は、リハビリをすれば必ず回復して食べられるようになると信じ、期待に胸を膨らませているのだろう）

かもめはそう思った。

「退院できるのは嬉しいけど、これまでの入院費は気になるよ。いったいどのくらい掛かるのかな、明細書は渡されたの？　健康保険や医療保険から給付されるけど、それは後からだから、一旦立て替えないといけないんだよね」

退院前日には病院から、からすに明細書が渡されたのでそれを見ると、入院費は総額で約四十七万円だった。

「差額ベッド代があるから仕方ないけど、手術とかしてない割には高いんだね！」

もっとも入院費には差額ベッド代だけでなく、投薬料や食事代も含まれているので、そのぐらいは普通なのかもしれなかった。しかし病院に入院したことの無いかもめには、それが高いのか安いのかはわからなかった。

大きな病院では大抵クレジットカードで支払いができるが、その病院も例外ではなかった。それで入院費は、全額カードで決済することにした。

そうすれば健康保険からの給付や、入院給付金が支払われた後で支払いになる可能性もあり、投資信託等をわざわざ解約して好都合である。かもめはクレジットカードの利便性を改めて実感した。

支払いを済ませた後は、からすが身の回り品を纏《まと》めるのを手伝った。

一か月弱の入院生活だったので衣服などは少なく、それほど時間は掛からなかった。

それらの荷物と病院から渡された、転院先の病院へ提出するカルテ一式を持って、病院のエントランスへ向かった。

そこには担当医、看護師さん、そして精神保健福祉士などお世話になった方々が、からすの退院を祝って送り出すために、集まってくれていた。

二人でお礼を言ったあと、待機していたタクシーに乗り込んだ。

（からすが退院したなんて、何だか信じられない。でも本当にこの病院とはお別れなのだ。この病院から去るのはちょっと寂しい気もする。それにしても、これからいったいどうなるのだろう？）

かもめは複雑な気持ちだったが、それはからすも同じだったかもしれない。二人は希望を抱きながら、様々な思い出でいっぱいの病院をあとにしたのだった。

からすが転院することになった病院は、それまで入院していた病院や、からすの勤める会社の隣の区にあり、タクシーで十五分ぐらいの場所にあった。比較的近かったのである。

（からすの会社から近いのは何かと都合がいいかもしれないけど、賃貸マンションからは今までより遠くなるから大変だ）

かもめはそう考えると、ちょっぴり憂鬱な気分になるのだった。

七、本格的なリハビリ始まる

リハビリテーション病院へ到着して病院の外観を眺めると、かもめが想像していたよりずっと立派で、病院内のエントランスも明るく清潔そうな感じだった。

（都立っていうから、もっと建物が古臭くて汚いかと思ったけど、意外に綺麗で、良さそうな病院じゃない）

かもめは少しホッとした。

からすが受付で、持参した書類一式を渡して入院手続きを行ったあと、看護師さんに入院予定の病室へ案内された。

病棟内は入院患者の病気の種類によって分けられていて、その階は主に、からすのような脳梗塞や脳溢血など、脳血管障害による後遺症を抱えた患者が入院していた。

同じような病気の患者を集めておけば、病院側が管理しやすいということもあるが、患者同士が交流し、お互いの気持ちを理解して、励まし合ったりしながらリハビリできるというメリットもあったようだ。

からすの病室は四人部屋で、既に三人が入院していた。その三人はやはり脳血管障害の患者だった。そこへからすが加わって満室になった。

始めに病室で、からすは看護師さんから、入院中の様々な規則や諸注意、また介護保険についての説明を受けた。そのあとは体調や現在の様子について、詳細に質問された。

それらが終わると約一時間後に担当医の診察があり、からすと一緒にかもめも診察室へ呼ばれた。

担当医は三十代半ばぐらいのわりと若い医師で、ちょっと無愛想な感じだった。

からすが自分自身の現在の症状や後遺症について説明したあと、嚥下の状態を確認するための簡単な検査が行われた。

確か一分間に、何回続けて唾を飲み込めるか、またコップに入れた水を、一分間に何回飲み込む動作ができるかといったような、嚥下反射と喉の動きを見る検査だったように記憶している。

「水を飲む事が一番難しいので、まだ殆ど飲めない状態です」

からすは情けなさそうに伝えた。

「無理はしなくていいですよ。現在の状態を確認するだけですから」

その頃は、脳梗塞発症から一ヶ月近く経過していた。しかしそれにも関わらず、からすはまともに飲食ができない状態から、殆ど進歩していなかったのだ。

普通だと、食べ物（主に固形物）を飲み込むより、水などの液体物を飲み込むほうが簡単なように思いがちだが、実際は液体物を飲み込むほうが難しいのである。

特に嚥下障害の患者にとっては、液体物は固形の食べ物より速い速度で喉を通過するので、気管に入るなど誤嚥《ごえん》（誤って飲食物が気管に入る）しやすく、危険なのだ。

「バルーンを使うリハビリをすれば、治る可能性があるみたいなので、それをやってみたいのですが」

検査の後、からすは担当医にそう頼んだ。

（一日も早く食べられるようにしないと、永久にこのままになってしまう）

長い間、ろくに飲食ができない状態に置かれ、極度の不安や焦燥感に駆られているからすにしてみれば、一刻も早く有効なリハビリをしたいと考えるのは当然だった。しかしからすの期待に反して担当医は、

「それはこれからの様子を見て、私が決めることです」

横柄な口調で間髪を入れず、からすの願いを却下した。患者は黙って自分に従っていればいい、かもめにはそんな風に受け取れた。

（親切で良い医者なら、少しは患者の気持ちや立場に配慮して物を言うものだ。患者の意見にも耳を傾けて尊重し、患者が納得するように説明してくれるのが良い医者で、相互の信頼関係が大事だと書いてあるのを何かの本で読んだ）

かもめには、言い方一つにもその人の人間性が表れ、また相手に対する信頼度もぐっと変わってくるように思えた。

からすは転院後のリハビリ期間の目安を、一か月ぐらいと考えていたが、担当医からは、「二か月ぐらいはみておいてください。その頃の様子によっては変わる可能性もあります」そう伝えられた。

予想より入院が長くなりそうな気配に、からすは少し心配そうな顔をしていた。

昼食の時間になり、早速からすも食事を摂ることになった。

以前の病院では、食事は病室（からすの場合は個室）で一人黙々と食べていたが、この病院では、同じ階にある食堂に入院患者が集まり、皆で食べるという（もっとも体調の良くない時など、例外はあるのだろう）。

案内されて食堂へ行くと、看護師長さんが来ていたので二人で挨拶した。

その後看護師長さんから食事をするにあたっての諸注意や準備、からすは食べ方について簡単な説明を受けた。

「食べ方の程度や食事の種類（ペースト状、刻み食等）が同じような患者さんどうしが同じテーブルで一緒に食べます。食べる時間は一時間ありますから、ゆっくりで大丈夫です。安心してください。それから小さめと大きめのスプーン、飲み物用にプラスチックのカップが必要ですから、後で用意してください」

からすが食事をし始めた後、今度はかもめだけに看護師長さんから話があった。それは今後のリハビリや障害の回復についてだった。

「私達やこのリハビリテーション病院の役割は、患者さんを治すことではなく、患者さんの残された機能を使って、今後の生活の質をできるだけ向上させる、或いはどの程度まで上げられるか、その為のお手伝いをすることです」

「治すことではなく、生活の質を向上させる」その言葉は強くかもめの印象的に残った。と同時に、からすの障害の今後について、それとなく示唆しているのではないかと直感した。

からすの嚥下障害が重度だということは、当然看護師長さんは知っている筈だ。その上で病気をする以前のように、食べられるまでに回復する可能性は低いと考えているのだ。

からすの場合も残された機能を少しでも向上させ、多少なりとも食べられるようにする、そういう意味だろう、かもめは勝手な解釈をした。

（そんな怖いこと言わないで）

それを聞いたかもめはとても悲しくなった。

「大丈夫です、きっと以前のように食べられるようなりますよ」

嘘でもいいから、そう言ってもらいたかった。

からすのテーブルはからすを入れて四人。他の三人はからすに比べてかなり高齢だった。

その内の一人は車椅子を利用する半身麻痺の男性で食事は殆ど全て、奥さんが介助して食べさせていた。

かもめが食堂内を見渡すと、六十代以上といった感じの患者ばかりで、からすのような年齢の患者は殆ど見かけなかった。

（やっぱりからすぐらいの年で脳梗塞、しかもここまで重度の嚥下障害というのは、かなり珍しいのだ）

その様子を見てかもめは思った。

嚥下障害では食べ方が特に大事なので、からすが食べている間、看護師さんがその様子を近くで注意深く観察し、時々、食べ方についてのアドバイスや指導をしてくれた。誤嚥しないよう、配慮しているのだ。

途中から、からすが顔を右の方へ向けて食べ始めたので後から聞くと、からすが言った。

「麻痺していないほうに少し顔を向けて、そっちの筋肉を使って食べると食べやすいって、教えてもらったから」

「そういえば、嚥下障害の専門書にも書いてあったね」

その食べ方に慣れて少しでも食べられるようになってきたら、今度は正面を向いて麻痺側も使って食べるようにする。そうしないとそちら側が動かなくなり、半永久的に使えなくなってしまうからだ。

からすの嚥下障害が、この先どこまで回復するのか、かもめには全く想像がつかなかったが、リハビリを始められたことで一歩前進した気がして、それまでになく安心したのである。

（とにかく応援して、頑張るしかない）

かもめは自分自身に言い聞かせるのだった。

八、バルーンで膨らませて

からすはリハビリで教わった食べ方に慣れると、すぐに多少、飲み込めるようになった。そして数日後にはペースト状から刻み食に変わった。

「いつの間に刻み食になったの?」

かもめは短期間でのからすの進歩に、目を見張った。

「昨日からだよ。食べ方を教わってから、急に食べられるようになった。明日からはバルーンを使ったリハビリもするんだって」

「へーっ、そうなんだ！　待ち望んでいたことだから良かったね。これで回復するかもしれないよ」

かもめもとても嬉しかったが、からすはもう治ったかのように喜び、はしゃいでいた。

バルーンというのは、太さ五、六ミリ、約三十センチの長さの細いチューブの先に、五センチぐらいの長さの、ちょっと膨らんだ部分が付いた器具で、反対側には空気を入れるためのポンプが付いている。

嚥下障害の患者はそれを口から喉の奥にかけて挿入する。そして、萎縮して狭くなった喉のところに膨らんだ部分がくるように合わせ、ポンプを手で押してチューブを膨らませ、少しずつ喉を広げるというものだ。

「さっきバルーンの練習をしたけど、喉から差し込む時、あの鼻からのチューブよりも痛くて苦しかったよ」

からすは嘆きながら言ったが、それでもどことなく嬉しそうだった。

「聞くだけで痛そうな気がする。また苦しいのは可哀想だけど、きっとこのリハビリをやったら食べられるようになるから、信じて頑張って。一生懸命バルーンを膨らませて！」

（この治療は嚥下障害のからすにとって、恐らくリハビリの最終手段になるのだろう）

励ましながら、かもめはそう考えていた。

嚥下障害の患者の場合には、このバルーン治療が最も有効だと言われていて、それ以上の治療は殆ど無いのが現状だ。

このバルーン治療を行った場合でも回復率は五十パーセント。約半分の患者には効果が表れないと、専門書を読んでかもめは知っていた。

また仮に効果が表れたとしても個人差があるので、かもめは最終的に、からすが嚥下障害になる以前と同程度の食べ方ができるまでに回復するとは考えていなかった。しかしからすの運と精神力を信じたいとは思っていた。

からすが転院後、なかなか病院へ行けなかったむくは、約二週間ぶりにかもめと一緒にからすを見舞った。

からすが一生懸命リハビリに取り組み、忍耐強くバルーンで喉を膨らませ続ける様子を見て、

「すごいね！　これからも頑張って早く食べられるようになってね」

むくはとても感心し、精一杯励ました。そして以前の病院では、痩せて干物のようになったからすを見て、「鶏の足みたいに細くなったね」そう心配していたむくだったが、久しぶりに会ったからすが、多少太って元気そうになったのを見てとても喜んだ。

実際七キロぐらいは減少していた体重が、この頃には二キロぐらい増加していた。だから三人とも、このまま順調に回復するような気がしたのである。

九、からすはいったいどんな人？

からすが病室で他の患者さんと集団生活を始めると、かもめにはその行動が何だか他の人達と酷く違って見え、段々と違和感を覚えるようになっていた。

他の患者さん達は殆どが杖や義足、或は車椅子を使っての生活だったので、行動的には制約があった。しかしからすは自由に動き回ることができたので、その点は確かに違っていた。だがかもめには、それだけが原因ではないように思えた。

からすと同じ病室の患者さん達は、暇な時間には雑談したり、同じような後遺症を持つ者同士

ということもあって励ましあったり、時には助け合ってリハビリしている姿を見かけた。しかしからすは、時間的な余裕がある時でも自分から話しかけたり関わろうとは殆どせず、いつも一人孤立していた。

同室の他の人達とは隔絶された、まるで別世界にいるかのような生活を送っていたのだ。

「せっかく同じ病室にいるんだから、たまには話をしてみたら？　それにリハビリはみんなで助け合ってやったほうが、頑張ろうっていう気になると思うよ」

「時々は話してるよ。でもみんな、いつもリハビリで忙しいから」

そんな理由を付けて、誤魔化そうとした。

リハビリを専門に行う病院なので普通の病院とは違い、入院患者それぞれが、やることがあって忙しいのは確かだった。

しかしからすの場合は空いた時間でも、やたらと病院内を歩き回って落ち着きが無かった。それは忙しいからというよりも性格的な問題なのか、一つの場所に腰を落ち着けるのが苦手といった印象だった。

そんなからすの様子を見ていると、一緒にいるかもめまで、落ち着かなくなった。

病院でのからすの日常生活は、起床して朝食を食べたあと、リハビリの時間までに洗濯を終え、それからリハビリがてら近くへの散歩や図書館に出かけ、そのあと病院でのリハビリを行っていた。

リハビリ終了後は、夕食までの空き時間を利用して、再び散歩や駅前のスーパーまで買い物に出かけた。また病院の入浴が休みの日には銭湯にまで出向いた。

そんなふうに集団生活の中でも、からすは全くのマイペースを貫き、一人孤立して過ごしていたのである。

かもめは、からすがコミュニケーションが苦手な上人間嫌いなので、なるべく他の人と関わらなくて済むように、あちこち動き回っているのではないかと考えるようになった。そして、その協調性の無さや可笑しな行動はちょっと尋常ではない、そう思い始めていた。

それ以外にも集団生活においては、無神経で常識外れな行動が目立った。

特に洗濯については酷かった。

他の患者さん達は洗濯をすると、それらをいつも有料の乾燥機できちんと乾かして仕舞っていた。しかしからす一人だけ違っていた。

「乾燥機で乾かすと、お金が掛かるからもったいない」

そう言って洗った洗濯物を、自分のベッドの周りをぐるりと囲むようにぶら下げ、辺りの視界を遮った。

「洗濯物をこんなところに沢山干したら、同室の人達が鬱陶しくて迷惑なんじゃない？　他の人達はこんなふうにぶら下げて乾かしていないよ」

かもめは見かねて何度か注意をしたし、看護師さんからも再三注意を受けていたが、からすはわれ関せず、全く変えようとはしなかった。

自分の周りに干しているだけなので、誰かの迷惑になっているとか他人に不快感を与えている、そういったことはこれっぽっちも考えないのか、考えられないのか、或は想像できないようだった。

それからかもめは、入院中のお見舞いのことからも、からすの人間性について疑問を感じるようになった。

からすは会社員なので、最初に入院していた病院へは当然の如く職場の直属の上司と、以前の同僚一人だけはお見舞いに来てくれた。しかし病院が会社のすぐ側だったにも関わらず、同期入社の友人や大学時代の友人は誰一人、お見舞いには現れなかったのである。

(こんなの可笑し過ぎる)

かもめは思った。そしてからすに聞いた。

「もう一ヶ月以上も入院しているのに、なんで友達は一人もお見舞いに来てくれないの?」

「みんな忙しいからね。きっと時間が取れないいんだよ」

この時もからすはまた、「みんな忙しい」、そう言ってはぐらかそうとした。

「忙しいっていっても、一週間とかじゃなくて、もう一ヶ月以上も入院しているんだよ。しかも脳梗塞で。ちょっと変だよ!　それに最初の病院は会社のすぐ近くだったし、この病院だってそんなに遠くはないよ。普通なら同期の友人ぐらい来てくれるもんじゃない?」

「みんな忙しいから」

あくまでもからすはそう言い張り、同じ返事を繰り返すだけだった。

この時正に、からすに対してかもめが抱いていた、他人とのコミュニケーションのできない自閉的な人間ではという疑問、その答えに関する確信を、得た瞬間だった。

その後むくとからすの所へお見舞いに行った時、たまたま看護師長さんと会い、むくはとても変な質問をされた。

「お父さんはどういう人ですか？」

「大人しくてあまり喋らない人です」

むくは答えた。

（どういう人って、いったいどういう意味？）

かもめは看護師長さんが、何故そんなふうに聞くのか不思議に思った。しかし余りにからすが変わっているからだろうと思って、その時はあまり気にしなかった。だがあとになってから、その質問の本当の意味が、とても気になり始めた。

「優しい人ですか」とか「大人しい人ですか」、そういうふうに聞くのが普通なのではないかと思ったのだ。

「どういう人ですか」というのは、掴みどころのないかなりの変人、そう感じているから、そんな質問の仕方になったのだろうとかもめは考えるようになった。

もっとも、いつも忙しく動き回って他の患者さんとは殆ど交流せず、そのくせやたらと理屈っぽく、またいつも洗濯物に囲まれているとしたら、そう思われても仕方が無かった。

良きにつけ悪しきにつけ、かもめにとってこの入院生活は、からすの本質を知る、絶好の機会となったことだけは確かだった。

十、劇的なからすの回復

転院したばかりの頃、からすは離乳食のようなペースト状の食べ物さえもろくに飲み込めなかった。だからかもめには、再びからすが普通に食べられる日が来ることは想像し難かった。

しかし専門家の指導によるリハビリと、並々ならぬからすの努力によって、一週間もすると変化が現れ、ペースト状の物が飲み込めるようになった。そして翌週には刻み食へと進んだ。

その後バルーンを使った治療を始めてからは食べ方が劇的に変化し、とろみを付けたおかゆや少し大きめのおかずなども食べられるようになり、食べ物の段階は格段に進歩した。

「こんなによく食べられるようになるなんてすごいね、びっくりした。でも何だか信じられないよ」

(もう二度と食べる姿を見ることはないかもしれないと思ったこともあったから、これは夢かもしれない)

からすの奇跡的な回復については、かもめはとても嬉しかった。しかしその反面、やはり信じられないという気持ちもあった。

また実際にここまで進歩しても、正常な嚥下へのハードルは依然として高く、そこまで到達するには相当の時間を要すると考えていた。

「普通食に近い物が食べられるようになってきたので、もし体調が良ければ退院に向けての練習のために、今度の土曜日にご自宅に帰って一泊してきてもいいですよ」

三週目に入ったところで意外にも、担当医がからすに言った。

「体調が良ければ今度の土曜日に、そっちに一泊してきていいって」

かもめに伝えるために電話をしてきたからすの声は、嬉しさに弾んでいた。

「そうなの？　良かったね。想像していたよりも早く回復したから、退院も早いかもね」

それを聞いたかもめも喜んだ。しかしあることを思い出したら、嬉しさは一瞬で吹き飛んだ。それは賃貸マンションの、狭い部屋で生活することだった。

（この狭い2DKに泊まるの？　それにむくと二人で限界のこのスペースで、ずっと三人で生活しなければならないなんて、そんなの地獄だよ。それだけは何としても避けたい）

からすの入院中、一ヶ月以上むくと二人だけで生活し、やっと生活リズムが確立し始めたところだったので、それが崩れることに恐怖心さえ抱き、憂鬱になってしまった。

社会復帰の兆しが、からすに見え始めたことは、かもめにとってとても嬉しいことに違いはなかったが、退院後の生活を考えると手放しでは喜べなかった。

「この調子でいけば、五週目の月曜日あたりに退院できるかもしれないって。それから昨日先生が言ってた、土曜日のお泊り、さっき許可が出たよ」

翌日からすは、再び電話を掛けてきて、とても嬉しそうにいった。

しかしその二日後、どういう訳かからすは誤嚥性肺炎に掛かって熱を出し、楽しみにしていた「お泊り」は取り止めになってしまった。

「なんで急に肺炎になったの？」

「隠して食べてた米菓子の粉が気管に入ったせいかも。先生に怒られた」

「沢山買い込んでいたけど、あれを全部食べちゃったんでしょ。勝手なことしたらダメだよ。前にも看護師さんに見つかって怒られたのに、懲りないんだから。肺炎だって命取りになるんだから気をつけてね」

（まったく、食べたいと思うと取りつかれたようになって、我慢できない人だから困るわ）

内心呆れながら、かもめはいった。

賃貸への「お泊り」が実行されないまま退院か、と残念がったからすだったが、数日後には熱が下がり、体調が良くなった。そして再び担当医から「お泊り」の許可が下り、退院直前の土曜日に実行することになった。

十一、会社へ復帰できるの？

退院が一週間後に決まってからのからすは、二か月近く遠ざかっていた会社への復帰問題が現実のこととして、頭の中の大半を占めるようになった。

それまで身体さえ回復すれば、勤めていた会社へ当然の如く復帰できるようになると考えていたようだ。

以前からからすは、状況の把握や判断が苦手な上人付き合いを殆どしなかったので、いざという時情報不足で、現実を認識できないことが多かった。

（随分呑気な人。脳梗塞で嚥下障害になったのに、自分の置かれている状況がわからないのかな？良くいえばのんびり屋、悪くいえば想像力の欠如した、先の読めない人）

かもめは思った。

しかしそんなからすも同室の患者さん達から、厳しい現実について多少話を聞いたり、インターネットで様々な情報を得るうちに、段々と自分の立場が危ういと感じるようになった。

特に同室の男性患者三人ともが、脳血管障害から半身麻痺になり、杖や義足、車椅子を使っての生活を余儀なくされ、それが原因で、その後すぐに会社を辞めさせられたと知ったことは、からすにとっては大変ショックなことだった。そして否が応でも、現実に目を向けざるを得なくなったのである。

三人のうち一人はからすより二歳若かったが、その時は二度目の脳梗塞の発症で入院していた。一度目の時に既に半身麻痺になり、杖を使わなければ歩行できなくなったため、すぐに会社を辞めることになった。

二度目には更に麻痺が重度になり、初めのうち車椅子で生活していた。しかし長期間にわたっての歩行訓練の甲斐があって、技師装具と杖を使ってなら何とか歩けるまでに回復した。

障害を抱えた上に仕事まで失って自暴自棄になり、鬱病にまでなった時もあったらしいが、家族の支えと励ましによって何とか立ち直り、社会復帰を目指して目下リハビリ中とのこと。奥さんが収入を得て生活を支えている。

あとの二人はからすより年上の、五十代半ばといった感じ。そのうち一人はくも膜下出血で、半年前から入院しているという。

出血の起こった部位が運悪く手術のできない場所だったため重度の半身麻痺になり、いきなり車椅子を使う生活になった。そのためやはりすぐに、会社からの退職を余儀なくされたという。

もう一人は脳梗塞で、殆ど寝たきり状態になっていた。

こういった厳しい現実を目の当たりにしたからすは、退院が近づいても会社の上司から復帰について、なんら具体的な話が出されないので不安を募らせ、急に焦り始めた。そして退院までの間、リハビリするだけでなく、会社への復帰について、上司と話し合ったほうが良いと考えるようになった。

「まだ完全には食べられるようになっていないけど、入院してから随分経つから、そろそろ復帰について会社に打診してみたほうがいいんじゃない？　嚥下障害があっても大丈夫なのか」

心配性なかもめは、かなり前からからすの社会復帰を心配していたので、からすを促した。

「手とか足とか見える部分の麻痺だと、会社へ復帰するのは難しいかもしれないけど、俺のは見えない所の麻痺だから大丈夫だよね？」

「そういう問題じゃないでしょ。病気が脳梗塞で嚥下障害があるんだから」

かもめはからすが言うのを聞き、やはりからすには、物事の認知能力が多少欠如しているような気がした。

（最初の入院からもう二か月近く会社を休んでいる。多分休めるのはこれ位が限度だろうから、それまでにほぼ回復していない場合は治る見込みがなく、復帰は難しいと判断されてしまうだろう。そして会社をクビになってしまうのだ）

かもめはそれとなくからすに伝えたが、焦り始めていたからすは更に心配になり、毎晩頻繁に、かもめにメールを送ってくるようになった。

「やっぱり手や足のように、見てすぐわかるところの麻痺だと、復帰は難しいみたいだよ」

「同じ病室の人達は、半身麻痺になって車椅子や杖を使って生活しなければならなくなったら、すぐに会社を辞めさせられたらしい。会社って冷たいね。でもうちの会社でも、車椅子生活になったのに働いている人は見たことないから、それが現実かもね。まだ健康だった頃のようには食べられるようになっていないけど、会社へ復帰できるかな？」

からすからのメールはそんな内容の、自分の復帰や今後を心配するものが殆どだった。

かもめは努めて、からすが希望を持てそうな返事をしたが、内心ではからすの行く末を案じ、不安で押しつぶされそうだった。

（現実は厳しい。からすは多少食べられるようになったけど、まだ普通の水さえちゃんと飲めない。もしからすが会社に戻れたとしても、付き合いで飲み会へ出席しなければならないこともあるだろう。飲食が普通にできない人が会社へ復帰しても、実際に勤めていくのはかなり難しいに違いない。からすが会社へ復帰できる可能性は約五十パーセント、勤め続けられる可能性はもっと低くて三十パーセントぐらいかな）

かもめはそんなふうに考えていた。

「これからは午前中にリハビリを終わらせてもらって、午後はできるだけ会社へ顔を出すつもりだから、会社へ着ていくスーツと靴を病院へ持ってきて」

焦りがピークに達したからすは、すぐに行動に移さなければと考え、そんなことをかもめに言った。

会社の上司や産業医と、コンタクトを取るつもりなのだ。こういう時、比較的会社に近い病院に入院していることは、からすにとって好都合だった。

かもめは早速スーツと靴を用意し、からすの待つ病院へ持参した。

からすはそれらを着用したが、頭には毛糸の帽子を被っていた。

これは頭部の保護のため、入院してすぐに購入し、ずっと愛用している帽子なのだが、スーツにはまるで不似合だった。

「なんか、会社へ行くにしては変な恰好。そんな変な帽子を被ってるサラリーマン、見たことないよ」

からすの恰好がとても恥ずかしかったので、かもめは思わず笑ってしまった。できれば止めて貰いたかったが、社会復帰に向けて一歩踏み出したことが嬉しかったので、見て見ぬふりをした。

「退院するまで何日もないけど、何とか会社と話し合ってみるよ」

時間的余裕のないからすは、急いで方向性を付けなければと考えているらしく、その意気込みは相当なものだった。

「脳梗塞で休職しているので、まず担当医に診断書を書いてもらって、それを産業医に提出しなければなりません。その判断や意見が重要視されます。また、職場の同じ課の同僚から意見を聞いて意見書を作成し、それをもとに所属する課で話し合いをします。復帰についての最終的な決定はそのあとになるので、すぐに回答は出せません」

何回か会社へ顔を出したあと、からすは会社の上司からそう伝えられた。そして、その後、産業医との面談が行われた。

「病院からの診断書と職場の方々の意見書を熟慮して、慎重に考えなければいけませんので、結論が出るまでには少し時間が掛かります。それから脳梗塞の場合は、退院後すぐに再発する可能性がありますので、暫くは経過観察をして様子を見る必要がありますし、体力も付けないといけません。ですからもし出社する場合でも、退院後すぐというのは難しいのです」

意気込んでいただけに、産業医との面談の回答を、かもめに伝えるために電話を掛けてきたからすの落胆した様子は、電話越しのかもめにもはっきりと伝わってきた。

それでも退院直前の週末、からすの念願の「お泊り」が実行されたのは幸いだった。

「治ったら絶対にたべさせてあげたいと思っていた、大好きなまぐろと鍋物を用意したよ。まぐろは刺身だと飲み込めそうにないから、ネギトロにしたけどね」

かもめはこの日ばかりは、今後の生活の事を考えるのは止め、精一杯からすをもてなした。

「とっても美味しいよ。こういう物が食べられる日が来たなんて夢みたい。信じられないよ」

もしかしたら、永久に食べ物を食べられるようにならない可能性のあったからすは、回復して大好物が食べられるようになった事を心の底から喜び、いつもは無表情な顔に幸せそうな笑みを浮かべていた。かもめもその様子を見て、未だに信じられないという気持ちはあったが、一方、言葉では言い表せないぐらいの幸せな気分も味わっていた。

（たとえ会社に復帰できなくても、食べ物を食べられるようになっただけで十分かもしれない。人間が生きていく上で最も重要な、食べるという行為ができるようになったのだから。これからの

ことは運命に任せよう。なるようにしかならないのだから）
この時かもめはつくづくそう思い、また自分自身に言い聞かせていた。

十二、天国から地獄へ

退院の一週間前から、からすは会社との折衝で忙しく動き回っていたが、入院保険の手続きや退院に向けての準備でも忙しかった。

またその週末までには、会社から復帰についての回答が出されることになっていたので、何となく落ち着かない様子で過ごしていた。

「また会社へ行けるようになるかな」

からすにとっては運命の分かれ道、恐らく相当な不安を抱えていたに違いない。

「こればっかりはわからないから、あまり期待しないほうがいいと思うよ」

万が一、復帰の話が上手くいかなかった場合を想定して、かもめはあえてそう答えた。

この時からすは、天国から地獄への階段を降りるか否か、その岐路に立たされているようなものだった。

二人ともここまで来ると、あとは運を天に任せるというより、人生なるようにしかならない、そういう思いのほうが強かった。

ただかもめは、病気をする以前のからすは殆ど会社を休まず、勤務態度も至って真面目だったので、もしかしたらその事によって救われるかもしれない、そんな淡い希望を、心の奥底には抱いていたのである。

そしてとうとう、運命の日が到来した。

会社への復帰についての回答を得るために、からすは覚悟を決めて会社へ出かけていった。

かもめはその結果について、その日の夕方、電話でからすから連絡を受けた。

「今日の話しでは、一応また、会社へ復帰できるみたい。でも退院してすぐは駄目らしい。暫くは経過観察のために様子を見て、その間に脳梗塞が再発しないで順調に回復すれば、年明けから出社できるかもしれないって」

「えーっ！　やっぱり直ぐには駄目なの？　年明けからっていうのがいつからかは、まだはっきりとは決まっていないの？」

「今はまだわからない。退院するとすぐ年末だし、まずは自宅で療養して普通の生活に身体を慣らして、体力を付けるのが先だね。満員電車で通勤するのだって、今の自分には大変だからね。再発しなければ、一応新年の仕事始めからって言われたから、それまで一生懸命食べてリハビリして体力を付けて、ちゃんと復帰できるように頑張るよ」

「そうだよね。身体を慣らして体力を付けないと、仕事ができないよね。退院してすぐに脳梗塞を再発しないように、気をつけようね」

「そうだね。もし順調にいけば会社へ復帰できるんだから、取り敢えずは良かったよね。まあ、先のことだから安心はできないけど」

からすは今一つ、自信の無さそうな返事を返した。

（とにかく良かった。神様はまだ、からすのことを見放さないでいてくれたみたい）

かもめは少しだけ肩の荷が下りた気がして、ホッとした。

からすが加入している入院保険の申請は勿論だが、かもめは試しに加入している三大成人病保険の約款で、後遺症害の該当要件のところを熟読してみた。するとからすの場合、もしかしたら該当するのではないかと思える項目があった。

（本当に当てはまるのかな？　もしこの項目に当てはまるとしたら、ある意味凄いかも?!　からすには申し訳ないけど、不幸中の幸いになるかもしれない）

かもめはそんなことを考えた。そして駄目でもともと思い、取り敢えず申請だけはすることにした。

早速かもめは、担当医に記載してもらう診断者や保険関係の申請書類一式を持参して、いつものようにからすの病院へ行った。

リハビリが終わるのを病室で待ち、それらの書類を渡して用事を済ませたあと、からすと一緒に病院を出て、駅へと向かった。そしてからすは銭湯へ、かもめは帰路についた。

退院が間近に迫ってくると、からすが回復に至るまでの過程や大変だった病院通い、また駅前のおんぼろスーパーで、米菓子などを一緒に買ったことなどが、かもめにはやけに懐かしく思い出された。

（あと少しで、これまでの辛かった日々とはさよならできるのだ。退院はとても嬉しいけど、ここへ来なくなるのは、何だかちょっぴり寂しい気もする）

かもめは複雑な気持ちだったが、長い間の悪夢からこれでやっと解放されるのかと思うと、やはりホッとしたのだった。

その日病院から戻り、自宅の隣の駅まで来たところで、突如かもめの携帯のベルが鳴った。

（なんだろう、からすが何か言い忘れた事でもあるのかな？）

そう思いながら出てみると、それはからすではなく、むくの中学の担任の先生だったので、かもめは少し驚いた。

担任はむくに関係のある、ちょっと信じられないようなことをかもめに話し始めた。

「実はお嬢さんが、二学期に入ってから、暫く学校を休んでいるクラスメートに、一ヶ月ぐらい前から変なメールを送り続けていたことが、今日分かったのです。送られてきたメールのことをお子さんから聞き、全てのメールの内容を知ったご両親がとても怒り、昨日学校へ相談に来られたのです。内容があまりにも酷いので、初めはすぐに警察へ届けようと思われたそうですが、クラスの友人にしかそのメールアドレスを教えていないので、一応学校に相談してからにしようと考え直されたそうです。もし送っていた人が分かったら、なぜそういうことをしたのか、話を聞きたいとおっしゃっています。その話をホームルームでしたところ、放課後になってお宅のお嬢さんが、『私がメールを送っていました』そう私の所に言いに来たのです。そして先程まで、その話を聞いていたのです。そのご両親は、場合によっては警察へ届けることもありえるとおっしゃっています。お嬢さんはまだ学校にいますから、すぐに学校へいらしてください！」

担任は怒りを顕わにしてかもめに言った。

（いったいこれはどういうこと、何が起こったの？　何が何だかさっぱり分からない）

いきなりそんなことを言われてもかもめに理解できる訳はなく、まるで狐につままれたような気持ちだったが、とにかく急いで学校へ向かった。

第四章　苦難

一、携帯電話事件

学校へ着くと応接室で、担任、学年主任、そしてむくの三人が顔を揃え、かもめが到着するのを待っていた。

担任はぴりぴりした、明らかに不機嫌な様子でかもめを迎えた。

担任と学年主任はともに女性だが、二人の性格は対照的だった。

担任は一見すると上品で穏やかそうに見えるが、実際は固定観念が強く狭量で感情的になりやすく、それがすぐに顔や態度に表れた。

その上高慢で陰険なところもあり、人を理詰めで追い込むのが得意だった。

保護者に対しても上から目線だったので、あまり生徒や保護者から好感を持たれてはいないようだった。

一方、学年主任はいつも穏やかで温厚、親切で面倒見も良かったので、生徒は勿論、保護者からの評判も良好だった。

携帯電話でのメール事件について、むくが先生方に話したのをかもめが聞いた内容は、次のようなものだった。

二ヶ月ぐらい前から、学校を休み始めたクラスの友人（むくの学校は女子校だが、その生徒とは特別親しかったわけではない）の携帯に、一ヶ月ぐらい前からむくがメールを送り始めた。初めは欠席しているその友人を心配する内容のメールを一、二回送るだけで留まっていた。しかし相手から何の応答も無かったので、そのアドレスは使っていないのだとむくは勝手に解釈した。引越して環境や友人関係が変わったり、からすが脳梗塞で倒れたこともあって、精神的に不安定になっていたむくは、自分の愚痴や不満をどこかに吐き出さないと可笑しくなりそうだった。本宅にいた頃は、パソコンでそういった愚痴を書き込んで憂さ晴らしをすることが可能だったが、賃貸にはパソコンが無かったので、それができなくなった。むくはその友人には何の恨みも無かったが、そのメールアドレスは、愚痴や不満を書き綴《つづ》るのにとても都合よく思え、メールで愚痴などを書いて送るようになった。初めは相手を心配する内容のメールも送っていたのが、いつしか「私は辛くても学校へ通っているのに、どうしてあなたは休んでるの」といった非難めいたものに変わり、それが段々と過激化し、挙句の果てには「学校へ来られないようなやつは死ねばいい」そんな内容にまで発展していった。その時にもむくの頭の中には、相手に対して送り付けるという意識は無く、あくまでも、自分自身の心の中の不満や怒りを、独り言を呟くように書き綴って送っていただけだった。だからその友人が、まさかそれを読んでいようとは少しも考えていなかった。


事件の内容を知ったかもめは唖然とし、とてもすぐには信じられなかった。

その話の内容は勿論だが、中学生にもなれば普通なら、誰かに教わらなくても、それがしてはいけないことかどうかわかるはずだと思うのだが、むくにはそういったことさえわからない。かもめには、そのこと自体も信じ難いことだった。

それはさておき、クラスの友人にそんなメールを送っていた理由を、かもめはその場で改めて、むくに確認しなければならなかった。

「その友人が嫌いとか、恨みがあったわけじゃないよ。アドレスを知っていたから、初めは休んでいることを心配してメールを送った。でも返事が来ないから、使ってないアドレスだと思った。精神的に不安定になってたから、愚痴や不満を書いて送るのに使ってしまったけど、本当にあの人に送ってやろうとか、そんな悪気は無かった」

むくはそんな説明をした。かもめはむくの言っていることは、恐らく本当だろうと思った。

実際にむくが送っていたメールの内容については、その友人の携帯へ送られてきていたメールをご両親がパソコンへ転送し、それを印刷後コピーしたものを学校へ持参していた。それをかもめは見せられて確認した。

かもめはそのメールを読み、内容のあまりの酷さに、恥ずかしさで顔から火が出そうだった。もし穴があれば、入りたい気分だった。

むくの送ったメールの内容が酷いこと以外に、かもめはメールの中で気になったことがあった。むくがメールを送りつけていた友人のことを、学校で度々悪口を言っていたクラスメートについて、メール上で名指しで伝えていたからだ。

後日それが、別の事件に発展するのではないかと、かもめは直感的に感じた。そして実際にその後、厄介な問題へと展開していくのである。

「今日お嬢さんが話されたことは、相手方の生徒とご両親に、私のほうから伝えておきます。今後どういうふうになるかは今のところ分かりませんが、場合によってはまた改めて学校へ来ていただいて、その生徒やご家族に、謝罪していただくことになるかもしれません。とにかくまた後日、ご連絡します」

担任はそう言い、その日は一応それで、学校から解放されたのである。

学校からの帰り道、むくと一緒に歩いていたかもめは、むくのしたことに対して、改めて怒りが込み上げてきた。

「なんであんな酷いメールをクラスの人に送ったの？　どう考えても信じられない。頭がどうかしているよ！　あのお友達は暫く病気で学校を休んでいたんでしょ。それなのにあんな酷いメールが送られて来たら、怖くて二度と学校へは行けないと思うかもしれないよ。そうなったらどうするつもり？　いくら自分に、不満や不安があるからといって、あんなメールをずっと送り続けるなんて、どうかしている。相手の気持ちになって考えたり、自分のしていることが可笑しいと思うとか、そういうことは全くないわけ？」

怒りが爆発したかもめは、一気にまくし立てた。

「全く返事がなかったから、あの人に送っている意識はなかった。本当に自分の愚痴を書いていただけだよ。それにそういうことを書いている時は頭の中が真っ白で、自分自身でも何をやってるのか、全くわからないみたい」

むくは真面目にそういった。

「父親は脳梗塞になっても、辛いリハビリに耐えてむくの為に頑張っているんだから、手助けはできないにしても、せめて自分のことだけはしっかりやって、他人には迷惑をかけないようにしないとね」

むくは以前から、性格的に情緒不安定で難しいところがあり、ちょっとしたことでパニックに陥りやすかった。そうなるとわけがわからなくなり、悪気は無くても変なことをしでかしてしまうことが度々あった。

この携帯電話事件も、そういった性質が災いして起こしたのであれば、むくの取った行動の説明がつくと、かもめは思った。

そしてその時改めて、むくにはその年齢なりの常識を身に着けたり、自分の行動を判断したりする認知能力が著しく低いのではないかと、強く感じたのだった。しかしだからといって、むくのやったことが許されるわけではないのだが。

酷い精神的ショックに苛まれ、打ちひしがれたかもめは、その晩一睡もできなかった。

（なんでいつも自分ばかりが、むくやからすのことで酷い目にあわなければいけないの？　これまでに起きた問題ごとは、全部自分のことや、自分が起こしたことじゃなかった。からすは結婚後すぐから、ずっと可笑しな行動と問題をまき散らしてきたし、むくも小さい頃から問題行動ばかりだった。それらをいつも自分一人で解決してきた。今度の携帯電話事件のことだって、からすもむくの親なんだから相談に乗ったり、解決策を一緒に考えてくれるべきものなのに、そういうことを全くしてくれないし頼りにもならない）

疲労と孤独感に苛まれ、憔悴しきったかもめは、生きていくのが本当に嫌になった。

（世の中は本当に不公平だ！）

二、からすの退院

かもめは携帯電話事件については、からすに伝えなかった。どうせ話したところで、何の相談にも乗れないだろうと思ったからだ。

それはさておき、翌週の月曜日にはからすが退院するので、週末にはむくと、からすの退院の前祝いをするため、病院へ出かけていった。

「何だか、からすが退院するのが信じられないね」、

「うん、本当だよね。随分長く入院してたから」

そんなことを話しながら病室へ行くと、からすのベッドはもぬけの殻だった。少し待っていると、かもめの携帯のベルが鳴ったので、出るとからすからだった。

「今病室で待っているんだけど、どこに行ったの？」

「病院の玄関ロビーで、二人が来るのを待っていたんだよ。今そっちに戻るよ」

「へーっ！　珍しいね。どういう風の吹きし？」

（脳梗塞になる以前のからすなら、わざわざ玄関で出迎えたりはしなかっただろう。長期で入院して人恋しくなったのか、或は家族の有難みを感じるようになったのか、それはわからないけれど、入院する以前のからすとはちょっと変わった気がする）

かもめは何だか不思議に思った。

入院中、からすとは一緒に入ったことのなかった病院のレストラン、そこで食べるのはからすの念願だったので、最初で最後だと思い三人でそこへ入った。

からすは大好物のアイスクリームとミルクティーを注文した。どちらも嚥下障害になって以来なので、約二か月ぶりだった。

アイスクリームはそのままでも何とか食べられたが、ミルクティーはとろみを付けないと飲め

ないので、かもめが持参した「とろみ名人」という、片栗粉のような粉末でとろみを付けてから飲んだ。

「二か月ぶりのアイスは美味しい？」

「とっても美味しい。これが食べられるようになるなんて夢みたいだよ」

からすはとても感激した様子で、一さじ一さじ、ゆっくりと味わって食べていた。この時のからすは、とても言葉では言い表せないぐらいの幸せを感じていたのかもしれない。

からすが食べている姿を見ても、かもめには本当にからすが食べているのだという実感は湧かなかった。

そのあとは、からすの嚥下障害のリハビリを担当している、言語聴覚士の先生の診察があり、かもめも一緒に、退院後の生活についての説明を受けた。

脳梗塞発症当時に比べると、からすはこの頃にはかなり上手に飲み込めるようになり、食事も普通食に近づいていたが、それでも嚥下が正常な人達と比べると、やっと半分ぐらいのレベルに到達した程度だった。

喉は相変わらず麻痺したまま、委縮によって狭くなっていることにも変わりはなかった。だから食べ物によっては窒息の危険のある物も多々あり、そういった危険を回避するためには、細心の注意を払う必要があったのだ。

言語聴覚士からは幾つかの注意事項を言い渡された。

◎硬いご飯は飲み込みにくいので、柔らかく煮ておかゆ状にしたり、それにとろみを付ける
◎水やジュースなど、液体状の飲物にもとろみを付けたり、ゼリー状にする
◎わかめ、昆布、のり等は気管に張り付きやすく、ピーナツ、蒟蒻、骨のある魚、いか、たこ等は喉に詰まって窒息しやすいので食べてはいけない
◎おもちも窒息の危険があるので絶対に食べてはいけない
◎温感麻痺があるので、熱い食べ物や飲み物に注意する

これらの諸注意が書かれたプリントと一緒に、嚥下障害の患者や高齢者用に調理加工された、レトルト食品のパンフレットも渡された。

「一生懸命リハビリを頑張ってこられたので、とても上手に食べられるようになりましたね。同じようなリハビリを行っても、殆ど食べられるようにならない方もいらっしゃるので、頑張った成果が表れ、本当に良かったと思います。今はまだ、ご自分で想像していたようには食べられるようになっていないかもしれませんが、退院して半年から一年ぐらいの間の維持期には、更に食べるのが上手になる可能性が高いですから、焦らないで気長に頑張ってください。とても慎重でいらっしゃるから大丈夫だと思いますが、とにかく食事の時には、ゆっくり気を付けて食べてくださいね。それから会社へ行かれるようになると、あまり食事の時間が無いかもしれませんが、できるだけ注意をしてくださいね」

先生は心から心配そうに言った。

からすが退院後、自宅で生活するなら食事についてはそれほど心配しなくてもよいのだが、からすの場合、会社で昼食を取らなければならず、その上普通の人達とは違った食事形態なので、それをどうするかがかもめの今後の課題になった。

その二日後、からすは無事に退院の日を迎えることができた。

この日は十二月下旬にしては比較的暖かい、冬晴れの日だった。

からすはこの記念すべき日を、自分が新しく生まれ変わったようなものだからと、『生き返った日』と名付けた。

退院は午前十時と決まっていたので、少し早めに病院へ行くと、からすは自分の荷物を纏めるために奮闘していた。

その病院での入院は約一ヶ月だったが、そのわりには荷物が多く、段ボール二箱分にもなった。

「なんでこんなに荷物が多いの？　以前の病院の時にはスーツとか持ってきたけど、ここに移動して来た時はこんなになかったよ。どこかで買い込んだの？」

「この病院に来てから、パジャマやジャージをスーパーで買ったり、他にも必要な物を色々と買ったからね」

からすは普段から、何か必要だと思う物があるとすぐに買って来て、そばに置いておかなければ気が済まないので、やたらと荷物を増やしていたようだ。

賃貸マンションへは、電車を利用して帰宅するので、纏めた荷物は宅配便で送るよう手配した。そして最後は入院費の支払いだ。

「今回の入院費は、前回ほど高くはないんでしょ？」

かもめはからすに聞いた。以前の病院では個室に入っていたが、この病院ではずっと四人部屋を利用していたので、差額ベッド代は掛からない。だから前回よりはずっと入院費が安いだろうと考えていたのだ。しかし病院から渡された請求書を見ると、全部で約四十万円。もし前回と同じぐらいの料金の個室に入っていたとしたら、更に十五万円ぐらい余計に掛かる計算だ。

病院へ入院すると、最低でも一ヶ月でそれぐらい掛かるのか、或はからすの場合は嚥下障害で特別なリハビリが必要だからなのか、その辺は分からないが、どちらにしろ一度入院すれば、かなり高額なお金が掛かるということだけは、かもめにも認識できた。

「この病院では支払いを分割払いにできるから、そうしたほうがいいよ」

からすがそう言い、かもめもそのほうが何かと都合がいいと思ったので、分割払いの手続きをした。

（からすが脳梗塞になって入院して、初めて健康の有難さが分かった気がする。こうやって家族が入院すると、沢山のお金が掛かるだけでなく、精神的な負担も大きい。こういうことがあった時のために、これからは証券会社だけでなく銀行口座にも、常にある程度の現金を預けておくようにしたほうがいい）

からすの入院で、かもめはそういった様々なことを学んだのだった。

全ての手続きを済ませたのち、病院のエントランスへ行くと、担当医や看護師さん達が既に集まっていて、二人が現れるのを待っていた。

全員に挨拶し、見送られながらタクシーに乗り込んだ。

かもめは、二度とこの病院へからすが舞い戻らないよう、祈らずにはいられなかった。病院の医師や看護師さん達も同じような気持ちで、からすのことを送り出してくれたのではないかと、かもめは勝手に推測していた。

「本当に退院したのかな？　何だかまだ、信じられない」

かもめは言った。

「長かったよね。家に帰るっていうのが不思議な気がする。病院が家みたいになっていたから」

からすも退院したことが現実なのか、とても信じられないといった様子だった。

（退院したことは嬉しいけど、これから二人で、あの２ＤＫの狭いスペースで生活するなんて、やっぱり信じられない）

かもめにとってはからすが退院できて嬉しいことと、狭い賃貸で生活するということは全くの別問題であり、どうにかしてその状況から逃げ出したい、タクシーに乗ってからはそんなことばかりを考えてしまった。しかしかもめは、それではからすに申し訳ないと思い、何とか別のほうへ頭を切り替えようと、努力した。

（とにかく今はひたすら耐えて我慢、我慢。からすを会社へ復帰させることだけ考えよう。そうしないと自分も困るのだから。それに予定では新年から、会社へ出社することになっているから、そうなれば少しはましになるかもしれないし）

かもめは一生懸命自分に言い聞かせた。

病院の最寄り駅でタクシーを降り、電車に乗った。するとからすは、退院して本当に自由になったと実感できたようで、急に生き生きとした表情をし始めた。

「入院中からずっと気になっていた投資信託があるんだけど。その基準価格が上がり始めている。これから、どんどん上がりそうだから、今日どうしても購入したい」

突然からすが言った。

「今日は退院したばかりだから、今日じゃなくて、せめて明日にしたら？」

かもめはからすを止めようとした。しかし一旦思い込んだら最後、そのことしか考えられなくなるからすは、

「今日買わないと、明日には更に高くなっちゃうよ」

かもめが何度止めても聞き入れず、結局、別宅のある駅に着くや否や、一人で証券会社へ飛んで行った。

（この人、絶対に可笑しい！　いったいどういう人？）

相変わらずのからすの変人ぶりにかもめは呆れ、開いた口が塞がらなかった。

三、賃貸地獄生活とクリスマス

むくの起こした携帯電話事件は、冬休み直前だったこともあり、その後何の音沙汰も無いまま冬休みに突入した。

やっとからすが退院し、ほんの少し明るい兆しが見え始めたからす一家だったが、新たな問題を抱えたまま、新生活をスタートさせたのだった。

再び三人で、２ＤＫのマンションで生活し始めると、かもめには引っ越したばかりの頃より更に狭く、息苦しく感じられた。

暫くの間、その同じスペースでむくと二人だけで生活し、それに慣れてしまっていたので尚更だった。

「この家は広過ぎて移動が面倒くさい！　狭い方が移動が少なくて、楽でいいよ」

本宅にいた頃はずっとそう言っていたむくでさえ、からすが加わると、

「狭いから、近くには寄らないでくれ」

「こっちの部屋には入らないで」

それまでの発言を覆し、そんなことを言った。

そしてプライバシー確保のため、二部屋しかないのに、部屋の境の襖を締め切り、誰も入れな

いようにしたので、残り一部屋と、狭いキッチンだけで生活しなければならなかった。

「狭いから、締め切るのだけは止めて！」

かもめは困り果て、何度もむくに懇願した。それでも駄目なので、無理やり襖を開けようとするとむくが怒って怒鳴り散らすので、諦めるよりなかった。

そんなわけで三人での生活は、毎日狭さに悲鳴を上げながらという、精神的にとても苦しいものになった。

退院後のからすは、毎朝午前七時頃に起床して朝食を食べ、その後は近くの整体へリハビリがてら出かけてマッサージを受けた。この整体は保険が使え、一回八百円で利用でき、家計的にも優しいものだった。

「整体に行くと委縮した筋肉がほぐれるし、身体が温かくなっていいよ」

からすはとても喜んでいた。

整体が終わってからすが帰宅するのはいつもだいたい昼過ぎなので、むくが起きている時は、三人で昼食を食べた。

からすの食べ方については、すぐに変化は見られなかった。

普通に炊いたご飯や市販のお総菜などは比較的固いものが多くて食べにくかったので、かもめはおかゆにしたご飯、煮込んだ鍋物やシチュー、煮物などをからすのために準備した。

「家で食べるご飯は美味しいね。病院の食事は年寄り向きで量が少ないし、薄味であまり美味しくなかったよ」

そういってからすは、いつも感激しながら食べてくれた。

食事の支度はそれなりに大変だったので、美味しいと喜んで食べて貰えることは何より嬉しく、また作ろうという気になった。

昼食後、からすが一休みしている間、かもめは一人で買い物へ出かけることが多かった。時にはカフェでお茶を飲んで息抜きすることもあったが、ストレスの度合いが高くなるにつれ、その頻度も次第に増していった。

一方休みに入ってからのむくは、以前にも増して起きられなくなり、ほぼ毎日、昼過ぎまで寝て過ごす生活を送っていた。

(からすとむく、これじゃいったいどっちが病人なのかわからない。知らない人が見たら、きっとむくの方を病人だと思うに違いない)

かもめはそう思った。

休みになると、寝てばかりのむくの可笑しな生活、それはこの頃始まったわけではなく、小さい頃からずっとそうだった。

とにかく幼少期から寝るのが好きで、幼稚園に入ってても帰宅してからは、ほぼ毎日昼寝をしていた。寝起きも悪く、それは朝だけでなく昼寝の場合でも同じだった。だから一旦寝てしまうと習い事等で外へ連れ出すのはとても大変で、かもめはいつも苦労していた。

小学校へ入学後も、帰宅後の昼寝の習慣と寝起きの悪さが変わることはなかった。

また夏休みは極めつけで、たまに学校のプールへ行く以外は六年間を通して昼過ぎまで寝て過ごし、友達とも殆ど遊ぶことはなかった。

そんな状態だったので、夏休み中のラジオ体操も、ただの一度も参加したことがなかった。

中学へ入学しても、その生活に大きな変化は見られなかったのである。

からすが退院して、一週間が経つとクリスマスになった。

その一週間で、かもめは狭いスペースでの生活から精神的ストレスが増していたので、少しでもそれから逃れたいと考えるようになった。そして「クリスマス・賃貸脱出計画」を練り始めた。

早速インターネットで検索していると、たまたま脳梗塞や高血圧に効くという岩盤浴を発見した。かもめはクリスマスには、それをからすにプレゼントしたいと考え、計画に加えることにした。

岩盤浴は池袋にあるので、その近くのホテルを予約した。そして退院祝いを兼ねたクリスマス・ディナーは、『柿安三尺三寸』で食べることに決めた。

野菜の煮物等の和食と、中華が中心のヘルシーバイキングで、ここならからすでも、食べ易いだろうと思ったのである。

当日は夕食前にからすに岩盤浴へ行ってもらい、かもめは一足先にむくとレストランへ入ってからすが来るのを待った。

クリスマスには通常のビュッフェ料理に加え特別メニューとして、テーブルごとにローストチキン丸々一匹と、ロブスターグリルが人数分提供された。

「すごく豪華なお料理だね、美味しそう！　でも食べ切れるのかな？」

むくとかもめは、感激のあまり嬉しい悲鳴を上げた。

正直いってかもめは、ローストチキンを目の前にしても、からすがそれを食べるのは難しいだろうと思っていた。しかし辛いリハビリに耐え、ある程度食べられるまでに回復するよう頑張ったのだから、せめて素敵な雰囲気と、美味しい物を少しでも味わってもらえたらと考えていたのだ。

「岩盤浴はとっても気持ちよかったよ。なんか健康になりそうな気がする。どうもありがとう。それから、このご馳走はとっても美味しそうだね」

岩盤浴から戻ってレストランへ現れたからすは言った。そういうからすの目はご馳走に釘付けだった。

からすは食べ物を山ほど盛り付け、食べるのには時間こそ掛かったが、とても嚥下障害の患者とは思えないぐらいの食べっぷりで、お代わりまでしてかもめを驚かせた。そして、まさかと思っていたローストチキンにもかぶりつき、とても幸せそうな顔をしていたのである。

「全部美味しいよ。こんなに沢山の食べ物を食べられるなんて、夢のようだよ！　また食べられなくなる時が来るかもしれないと思うと、つい沢山食べちゃったよ」

からすは本当に美味しかったようで嬉しい悲鳴を上げ、満足そうな顔をしていた。

ただ食事中何度も、からすが喉に支えそうになってむせたので、その度にかもめは、驚いて心臓が止まりそうになった。しかしからすの嬉しそうな顔を見て、かもめも幸せだった。

その日は心ゆくまで美味しい物を食べ、久々にホテルにも宿泊してゆっくり過ごせたので、かもめにとっては夢のような、素晴らしいクリスマスの一日だった。

一時的にせよ、それまでの二ヶ月間の不安やストレスから解放された、とても貴重な時間だった。

かもめは勿論だが、からすやむくにとってもこのクリスマスのことは、素晴らしい思い出として、心の中に刻まれたようだ。

クリスマスが終わるとすぐにお正月。それをどういう風に過ごすかが、かもめの次なる課題になった。

からすが病気になる以前には、年末年始は海外旅行へ出かけたり、国内のホテルやリゾートマンションで過ごすのが、からす一家の恒例だった。しかし退院したばかりのからすと海外旅行するのはあまりに無謀だし、かといってからすだけを置き去りにして海外へ行くのは心配が多すぎる。

それでかもめは、海外旅行へ行くのは諦めたが、せめて正月中の数日間だけは、狭い賃貸からは解放されたいと願った。

「ここにいたらお正月中地獄だから、できるなら抜け出したい」

本宅へ帰宅し、多少でも広いスペースで過ごすのが精神的にも良いだろうと考えた。しかしよく考えてみると、それも難しそうな気がしてきた。

からすは普通の生活にも慣れていない上荷物を持っての移動が大変だ。また一軒家はマンションに比べてかなり寒いなど、様々な不都合がかもめの頭に浮かんできたからだ。

結局、元日とその翌日は、再度都心のホテルに宿泊するのが無難だと思い、からすとむくに提案した。少しでもお正月気分を味わいたいと思ったのだ。

「正月明けから出社でその準備があるから、元日しか泊まれない」

仕事始めが近づき、からすの頭の中はそれに関する心配事や不安でいっぱいだったが、元日だけは一緒に宿泊することを了解した。

やっと正月中の予定が決まったかもめは、ほっとした。

元日は三人で、ホテルでゆっくりして美味しい夕食を食べ、翌日はホテルのレストランで、ビュッフェの朝食を取った。どちらかというと洋食が中心だったが、雑煮やお煮しめなど、おせち料理も並んでいたので、正月気分を味わうこともできた。

むくは福袋を購入し、かもめもショッピングを楽しんだりして、それなりに楽しいお正月を過ごせた。

四、社会復帰は大変だ

からすが退院した時、会社へ復帰する日は随分先のように感じていたが、クリスマスが過ぎ、新年を迎えると、あっという間に出社の前日になった。

脳梗塞を発症し、休職し始めてから約二か月半ぶりの出社である。

「また会社で働けるのは嬉しいけど、前みたいにちゃんと働けるのかな?」

出社が近づくにつれ、からすの不安は増していったが、出社前日の不安と緊張は相当なものだった。

かもめはそれも無理ないと思った。何しろからすは脳梗塞で重度の嚥下障害に陥り、依然として普通に食べられるまでには回復していなかったし、体重の減少に伴う体力や筋力の低下が著しかった。また左半身の麻痺や痺れなどの後遺症も、併せ持つようになっていたからだ。

かもめは出社のことは勿論気になったが、からすがあまりに緊張しているので、再び脳梗塞になりはしないかと、そちらのほうが心配だった。

「飲み込みが悪い上に、左半身は重石を乗せられたみたいに重くて、自分の身体じゃないみたいなんだよ。それに退院してからのほうが、痺れが酷くなった気がする。なんでこんな身体になっちゃったんだろう」

からすは嘆いた。

「こんな身体になっても、後遺症が無いふりして働かなければいけないんだから、きっと会社への復帰はかなり大変だよ。でも辞めちゃったら、もうちゃんとした仕事には着けないだろうから、とにかく頑張るしかないよね」

からすは弱気になりそうな自分に、そう言い聞かせていた。

前向きな性格なので、弱音を吐きながらも何とか頑張ってみよう、いや、頑張るしかないと自分自身を叱咤激励していたようだ。

「世の中には同じ病気になっても後遺症が殆ど残らずに済む人もいれば、重度の後遺症で会社を辞めなければいけなくなった人もいるよ。でも以前の会社でまた働けるんだからラッキーだと考えて、頑張れるだけ頑張ってみるしかないんじゃない？　もしそれで駄目ならその時に考えようよ。復帰できない可能性もあったのに、ここまで辿り着けたのは運命かもしれない。駄目でもともと、もし上手く復帰できたらラッキー！　それぐらい気楽に考えればいいんじゃない」

からすにプレッシャーが掛からないよう、かもめは努めて明るく言った。

翌日からすは通常の出社時間に合わせて起床した。

からすはスーツを着用したが、以前病院から数日間会社へ出社した時と同じように、頭にはスーツに不似合な毛糸の帽子を被り、サラリーマンとしてはちょっと可笑しな出で立ちをしていた。

「この帽子、可笑しい？」

からすが聞いた。

「可笑しいよ。そんなの被っているサラリーマンは見たことないよ。でも頭を冷やすとよくないから仕方がないけど、会社へ入る前には脱いだ方がいいよ」

かもめは言った。

しかしその可笑しな姿を会社の近くで同僚に見られてしまい、「変な人」とか「あの人、脳梗塞になったんだって」とか様々な噂が立ってしまった。しかし、からすには、気にする様子はなかった。

からすが会社へ復帰すると、かもめにとって一番大変だったのはやはりからすの昼食で、色々と工夫を凝らさなければならなかった。

ご飯は電子レンジで加熱する真空パック入りの物を持参してもらい、加熱後、それにお湯をかけて柔らかくし、更にとろみ粉でとろみを付けて食べてもらった。またレトルトのお粥や電子レンジで加熱するだけの雑炊なども活躍した。

おかずは家で煮た煮物やレトルトの中華丼、麻婆豆腐などをよく利用していた。

それから脳梗塞患者のからすにとって、最も重要なのは水分補給だが（不足すると脱水症状になり、脳梗塞を再発する危険があった）、相変わらず普通の水を飲むことは難しかった。だから水をゼリー状にして、チューブに入れたものや、粉末のポカリスエットを会社へ持参してもらい、水で溶かしたあとこれにもとろみを付けて飲んでもらった。またジュース類も果汁をゼリー状にしたものを度々利用した。

少し経つと、からすは更に上手に食べられるようになったので、それからは毎日、かもめはお弁当を作ってからすに持たせた。

からすの場合、食事に要する時間が脳梗塞になる以前の二倍ぐらい必要になったが、昼休みの時間を特別長くしてもらえるわけではなく、他の人達と同じだった。短時間で急いで食べることはとても難しかったので（急ぐと誤嚥しやすい）、それはからすの悩みになった。

そんな具合だったので、同僚との昼食や飲み会へなど参加するどころでなく、段々と他の人達とのコミュニケーションが取りづらくなっていった。

「いつか普通に食べられるようになるのかな？　今みたいに人付き合いができないんじゃ、これからも会社に勤められるかわからないね」

流石のからすも、そう言って嘆いた。

毎日会社で、一生懸命頑張るからすだったが、自分の身体が思うようにいかないジレンマから か、愚痴や嘆きが増え、突然切れて激怒することが多くなった。

かもめはからすのことを可哀想だとは思っていたが、そんなことが毎日続くといい加減うんざりして気が滅入り、度々文句を言ってしまった。

しかしそんなからすにも、同情の余地が全く無いわけではなかった。

からすは動脈乖離から脳梗塞になり、人間の生命の維持管理をするために必要な中枢神経の集まる、『球』という重要な部分に梗塞が起こった。そして左半身、頭からつま先までが麻痺し、嚥下障害以外にも様々な障害を併発していた。

温感麻痺、筋肉の委縮による内臓障害（主に胃と腸）、顔面麻痺とそれが原因の耳鳴り、唾液腺の障害（唾液が出にくい）、味覚障害、軽い言語障害、そして更には記憶障害（主に短期記憶）までも抱えていた。

また、喉の筋肉の委縮によって声帯が変形し、金属的でちょっと嫌な感じの声に変化してしまっていた。

そんなふうにからすの麻痺は広範囲に及び、食事以外のことでもかなりの苦労を強いられていて、精神的にかなり追い込まれていたのは事実だったからだ。

仕事の上で特にからすが困ったのは、記憶と言語に関する障害だった。これは何といっても仕事と密接に関係することだし、隠しようがなかったからだ。

「人から言われたことをすぐ忘れちゃう。それに話の途中で電話が掛かって来たりしたらパニックになってどうすればいいかわからなくなる。その前に聞いてたことも忘れて、結局どっちも聞き取れないで、終わっちゃうんだよ。それに話したいことがあっても、すぐに言葉が出てこないし、呂律も回らないから上手く喋れない。いつかもっとちゃんと喋れるようになるのかな？」

「大変だね。でも一生懸命練習してたら、きっと上手く喋れるようになるから大丈夫だよ」

「それだけじゃない。食事のあとは、血液が内臓のほうに集まって脳が虚血するみたいで、頭がボーッとして眠くて仕事にならないんだよ」

「そうなの、色々と苦労があるんだね。昼休みに少しでも寝ることができればいいのにね」

かもめはそれらの話を聞き、失語症や呂律が回らない、その上食べると眠くなるなどの問題を抱えていたら、確かに会社で仕事をしていくのは難しいだろうと思い、改めてからすのことが可哀想になった。

会社でのからすの仕事は、単独でするというより、何人かで連携して行うことのほうが多かったので、一緒に仕事をする同僚達の中には、そんなからすを段々と疎ましく感じるようになり、あからさまに嫌な態度を取ったり、冷たい視線を投げかけてくる人達も少なからずいたようだ。しかしそれでもからすは、自分自身が置かれた厳しい状況に負けることなく一日も休まず会社へ出勤し、辞めたいとは決して言わなかった。

そんな状態で仕事をするのは、相当辛かったに違いないが、大病しても生き延びて社会復帰までできたことで、生きることの意味や素晴らしさを理解したようだった。

また一生懸命生きて働かなければ、ハンディを負った自分はすぐ首にされる、そういった厳しい現実をも認識したのか、以前よりも更に前向きに、一日一日を大切に、生きるために闘っているようにかもめには見えた。

恐らくからすにとっては、辛さよりも生きていることの素晴らしさのほうが数倍勝り、仕事をすることは生きていることの証だと感じているのではないだろうか、かもめはそう考えていた。

狭くて苦しい賃貸生活の中でも、からすにとってラッキーだと思えることもあった。からすの会社と賃貸マンションが比較的近く、ほぼ毎朝、座って通勤できたことだ。体力が低下しているからすにとっては、それはとても有難く、そのことがプラスに働いたようだ。

「もしこのマンションじゃなくて元の家に住んでいたら、遠い上に通勤ラッシュが大変で、多分会社への復帰は難しかった気がするよ」

「そうだよね。あっちは冬寒いし、このマンションにいて良かったよ」

かもめが言うと、からすも同感した。

（狭くて地獄にしか思えないこのマンションがからすにとっての救いの神になり、それに助けられたのだから、運命とは何とも皮肉だ。まあ、運命に見放されなかったのはラッキーなことだし、もしかしたら強運なのかもしれない）

五、友達も先生も敵に

からすが毎日、何とか頑張って仕事をし、しかし綱渡りのような不安定な生活を送っている中、むくの三学期は始まった。

新学期になってもすぐには携帯電話事件についての連絡は無かったが、二週間近く経った頃、やっとむくの担任から、その件についての連絡があった。

それまで戦々恐々とした日々を送っていたむくとかもめは、ちょっと身構えた。

「お宅のお嬢さんが、メールを送っていた相手のご両親から、連絡がありました。『相手が故意にメールを送っていたのではないことや、色々な事情を抱えていたこともわかったので、その辺を考慮して、今回は警察へは届けないことにします。また、娘も許してもいいと言っています』そう言ってくださいました。それから、特に謝罪はしなくてもよいとのことです」

この事件に関して、結局むくやこちら側の責任は追及されず、何のお咎めも無しに済んだのである。

故意にむくがやったわけではないとはいえ、警察沙汰にされても可笑しくないようなことをしでかしてしまったので、相手方の寛大な計らいに、二人とも感謝せずにはいられなかった。

「あんな酷いことをしたのに許してくれるなんて、あの人は心の広い、とってもいい人なんだね。それなのに本当に酷いことをしちゃった」

むくはとても反省していた。

携帯電話事件はそれで無事終了かと思い、むくは安心していたが、それでは終わらなかった。

それから数日経った放課後、その事件に関することで、再びむくは担任に呼ばれた。

案内された部屋へ入ると、クラスメート二人が待っていた。

実はその二人は、むくが携帯電話でメールを送っていた相手の悪口や、いつも他のクラスメート達の陰口ばかりを言っている、ちょっと性格的に問題のある二人で、むくはその人達のことが大嫌いだった。

それでむくは、その二人がメール相手の悪口を言っていることを知らせようと、二人の実名を記載したメールを、送ってしまっていたのだ。今度は、そのことが問題になったのである。

「あなたはどうして、この二人の名前を書いてメールを送ったのですか?」

担任はむくに質問をした。

「この人達は、いつも彼女(むくのメール相手)の悪口を言っていたので、そのことをあの人が知らないと可哀想だと思って、知らせるために名前を書きました」

むくはそう答えた。

「だからといって、他人の名前を勝手にメールに載せたりしてはいけないのです。この二人に謝ってください」

担任はむくに、謝罪するように言った。

「名前を書いたのは悪かったと思います。でもこの人達が、いつも人の悪口ばかり言っているから悪いんです」

むくは自分の正当性ばかりを主張し、とても謝っているとは思われないようなことを言った。そして更に余計なことまで口走ってしまった。

「名前を書いたのは良くないかもしれないけど、いつも他人の悪口や陰口ばかり言っているこの人達よりは、ましだと思います。悪口が煩くて、いつも迷惑していたのです」

それが事実だったとしても、むくの行為が正当化される筈はなかった。

「あなたがちゃんと反省して謝らないと、これからクラスの雰囲気が悪くなりますよ」

担任は以前からむくを毛嫌いし、良くない生徒と決めつけていたので、むくの発言は全く無視し、怒りを顕わにして言った。

「この人達のせいで、前からクラスの雰囲気が悪かったから、これ以上悪くなることはないと思います。先生もあなたみたいな人だし」

むくは担任に向かってそんな暴言まではいてしまったので、結局その二人は勿論、担任をも怒らせただけだった。その日はそれで終わった。

「なんでそんな余計なことまで言ったの？　メールに人の名前を書いたのはいけないことなんだから、とにかくそれについて謝ればよかったのに」

（ついこの間、メール相手から許してもらえたと思ったら、今度は別の問題とは。あんなことを言うなんて、きっともう取り返しがつかないよ。事態は悪い方へ向かって行って、更にまたひと悶着起きるかもしれない）

むくからその話を聞いたかもめは、そう直感した。

むくは正義感が強いというか、バカ正直なところがあり、物事を自分中心にしか考えられず、とかく自分の考えには拘る性格だった。

またその場の雰囲気を読み取ったり、自分の置かれた状況などを把握することも苦手なので、深く考えずに言いたい放題してしまうことも多々あった。そして、自分に非がある場合でもたいてい認めず、自身の正当性ばかりを主張するのだった。

それから自分が怒っている時や、パニックに陥っている時には我を失って感情のコントロールができなくなり、他人に酷い暴言を吐いてしまい、それがもとで度々トラブルをも起こしていたのである。

このメールの件では、むくがちゃんと謝罪しなかったので、担任はむくのことを反抗的で問題のある人物と再認識し、その二人の生徒からはかなりの反感をかうことになった。そしてかもめの直感どおり、この件が、また新たな事件の幕開けへと展開していったのである。

六、攻撃されたむく

むくの学校は、毎週土曜日の午前中には授業があるのだが、担任と二人のクラスメートと話し合った翌週の土曜日、その事件は起きた。

午後帰宅したむくは、全く元気が無くて様子が可笑しかったので、心配になったかもめはむくに聞いた。

「学校で何かあったの?」

「授業のあとの掃除の時間に、クラスの四人から、すごく酷いことを言われた！　掃除してるのに『ちゃんと掃除しろよ』っていきなり文句を言ってきたから、『あんた達だって喋ってばっかりで、掃除してないじゃない』って言い返したんだよ。そうしたら、『あんたみたいな問題児がいると、クラスの雰囲気が悪くなって迷惑だよ。学校に来なければいいんだ！　それにブスのくせに、可愛いつもりでいるしさ』そんなことまで言うんだよ。それで『うるさい、黙れ！　あんた達だって話してばっかりで、全然掃除なんかしていないだろ！　それにいつも人の悪口ばっかり言っている、最低の人間だよ、そんな奴らに注意される筋合いはないね』そう言い返して、そのあとは机を蹴ってそこから逃げ出し、トイレに駆け込んだ。暫くトイレに籠っていたら落ち着いたから、そのあとはまた、教室へ戻ったけど」

むくは泣きながら、事情を説明した。

「教室に入るとホームルームが始まっていた。私がいないことに気がついて可笑しいと思った担任が、クラスの人達から掃除の時間のトラブルについて聞いている最中だった。『あなたが掃除をさぼっていたので何人かで注意したら、突然怒っていなくなったと、今生徒達から聞いたところです。何故、掃除をさぼったのですか。それから今まで何処へ行っていたのですか？』担任はその生徒達の話を聞いて、私が掃除をさぼっていたのが原因と決めつけて、いくらさぼっていないと言っても信じてはくれなかった。その四人の言った酷い発言のことも伝えたけど、担任は全く取り合ってくれなかった。そして『悪いのはあなたです』そう言われ、皆の前で怒られただけだった」

この事件でも、むくだけが掃除をさぼった悪い生徒という烙印を押されただけで、むくに酷いことを言った四人は、何の注意も受けなかった。

その四人のうちの二人は、自分達がクラスメートの悪口を言っていたことをむくに暴露されたり、むくが謝罪しなかったことを根に持っていた。だからいつかむくに仕返してやろうと、その機会を狙っていたのだろう。この時とばかり、仕返しを仕掛けてきたのである。

(あの担任はあまりにも酷い。このまま、むくだけが悪いと誤解されていては可哀想すぎる。クラスの人達の酷い言動についても、もう一度伝えなければ)

むくの話を聞いたかもめはそう考え、すぐに担任に電話を掛け、再度事情を説明した。

「お嬢さんだけが掃除をさぼっていたので、クラスの人達に注意されたのです」

「でも本人はちゃんと掃除をしていたのに、いきなり酷いことを言われたと言っているので、もう一度よく確認してください」

「隣のクラスの先生にも念のために聞きましたが、やはりお嬢さんは、掃除をしていなかったと言っていました」

「しかし、隣のクラスの先生は、ずっと見ていたわけではないと思うのですが」

かもめがそう言っても担任は無視した。

(なんだ。この先生?)

担任はむくのことを何が何でも悪いやつと決めつけようとし、全く取り合わないので、かもめはこれ以上何を言っても無駄だと思った。そして絶望感に苛まれながら電話を切った。

この日を境に、担任のむくやかもめに対する態度は、あからさまに酷いものになった。もし用事で電話でも掛けようものなら、こちらが誰か分かった途端にヒステリックな声に変わり、話をするのも不快だといわんばかりの態度を取るようになった。

むくに対する担任の、そんな態度の影響が表れたのか、翌週になると数人のクラスメートの、むくに対する態度に変化が見え始めた。

「なんかクラスの人達の態度が可笑しい。みんな私のことを避けているみたいなんだよ」

「気のせいじゃない？　あの『携帯電話事件』のことは、クラスの他の人は知らないはずだから」

かもめももしやと思ったが。むくを心配させないよう、それ以上言わなかった。その時はむくも半信半疑だったようだが、ある日の昼休みには決定的なことが起き、それは覆された。

むくはグループ内の仲良しの友達に、「一緒にお昼を食べよう」と誘われたので、そこに加わろうとした。しかしその時、グループのリーダー格の一人が聞こえよがしに言った。

「話しかけたり、誘ったりしたら駄目だよ」

それは勿論むくにも聞こえたので、驚いて一緒に食べるのを止めたというのだ。

「きっとあの二人組が私のことを根に持って、『携帯電話事件』のことを、グループの人達にばらしたんだよ。おしまいだよ、もう学校には行けない！」

その波紋は更に広がり、『携帯電話事件』のことは、すぐにクラス中の知るところとなった。そして殆どの人がむくとは関わろうとしなくなり、クラスの中で完全に浮いて孤立した状態になってしまった。

しかしそんな状況の中でも、むくの唯一仲良しの友達はむくのことを心配し、こっそり話しかけてくれたり、メールを送るなど何かと気にかけてくれていた。しかし、私立中学のクラスという、ある種特殊な集団の中にあっては、その友達もどうすることもできなかったようだ。

第五章　波乱

一、もう学校へは行けない

翌週の月曜日の朝、いつものようにかもめがむくを起こそうとすると、

「今日は学校へ行きたくない」

むくはそう言い、起きようとしなかった。

（色々なことがあってショックを受けただろうから、一日ぐらい学校を休むのは仕方ないかもしれない。でもクラスには、一人だけでも仲の良い友達がいるから、きっとまた、学校へ行きたくなるだろう）

かもめはそう考えた。しかしその予想に反し、二、三日経ってもむくは学校へ行くとは言わなかった。

こういう時は無理強いしても駄目だと思ったので、取り敢えず学校には体調不良と連絡し、再びむくが登校したいと思うようになるまで、気長に待つことにした。

しかし一週間経っても、むくは登校しようとはしなかった。

（そろそろ何とかしないと、ずっと学校へ行かなくなってしまうかもしれない。むくとよく話し合って、あとは学校に相談するしかない）

「一年の間はもうあの教室に行きたくない。あんな人達や、先生の顔なんか見たくないよ。先生は私のことが嫌いだから、いつも私ばっかりに怒って目の敵にするんだよ。それに馬鹿にするし。三学期はあと一ヶ月も無いから、休んでも何とかなるよ」

むくはいとも簡単にいった。

「でも学期末試験はこれからだから、勉強がわからなくなると大変だよ。それに私立だから、登校しないと退学になってしまうかもしれないよ」

「大丈夫だよ。三学期中は保健室に登校して勉強するから」

「本当に保健室に登校するの？　それより、保健室登校なんてあるの？　毎日は行けなくても、やっぱり少しでも、教室に行ったほうがいいんじゃない？　そうじゃないと、二年生になった時に学校へ行きにくくなるよ」

かもめはむくの今後が心配なので、何とか説得しようとした。しかし、むくの気持ちが変わることはなかった。

「とにかく、三学期中は教室には行きたくない」

むくが言い張るのでかもめは諦め、学校へ相談に行った。

学校へ着くと担任はさも迷惑そうな顔をして、あからさまに嫌な態度を取った。しかし学年主任のほうはとても優しく接してくれた。

「教室には行きたくないけど、保健室なら登校したい」むくの考えを伝えると、学年主任は理解してくれて、取り敢えず三学期中は保健室へ登校するという方向で話が纏まり、校長先生の許可を取ってくれることになった。

数日後には学年主任から連絡があり、保健室登校の許可が下りたと伝えられ、むくは保健室へ登校できることになった。

この時かもめは、保健室登校は一時的なものだと思い、まさかそれが長期に及ぶとは考えていなかった。恐らくそれはむくも同じだったに違いない。

二、保健室登校っていったい？

保健室登校といってもむくは特に病気ではないので、ベッドで寝ているわけではなかった。保健室の奥の方を衝立で区切った狭いスペースに机が三つばかり置かれていて、そのうちの一つに腰かけ、勉強や読書など、各自がしたいことをして過ごすのだった。

私立中学なので、保健室登校について学校側は公立中学のように公にはせず、できるだけ他の生徒や保護者には知られないようにしていた。

むくが保険室へ登校し始めると学期末のせいか、既に二、三人の生徒が通ってきていて、その顔ぶれはほぼ毎日同じだった。

保健室では授業を受けることは勿論無かったし、授業で使うプリント類をもらうこともまれなので、生徒は本や漫画を読む、絵を描く、或は話しをするなど、常識の範囲内で好きなことをして過ごしていた。

初めのうち、むくは何とか勉強をしようと、教科書を持参して読んだりしていたが、勉強する生徒はいないらしく、何日か保健室へ登校したのちむくは言った。

「保健室へ行っても、授業で使ったプリントとか全然くれないから勉強ができないし、する雰囲気じゃないいんだよ」

「できないっていうけど、自分で教科書を読んだり問題集をやってもいいわけだし、読書してもいいいんでしょ？」

「無理だよ。保健室の人達は漫画を読んでいるだけで、勉強なんか誰もしていないんだから」

「だけど遊びに行ってるわけじゃないいんだから、人の事は気にしないで、少しでも勉強したほうがいいよ」

「それだけじゃないよ、保健室にはいつも誰か病気の人が出入りするから、何だか見られているみたいで落ち着かない。それに登校したのが体育の授業中だったりしたら最悪！　外にいるクラスの人達にじろじろ見られるから、それも嫌だよ」

以前からむくは、そんなふうに他人の視線や行動を異常に気にする、拘りの強い面があった。その上保健室登校する意味を見いだせなかったので、次第に保健室への登校も嫌がるようになっていった。

かもめはむくが、単にわがままでそんなことを言っているとは思わなかったが、その心理を全て理解するのはとても難しいことだった。

「やることがなくても、保健室へ登校すれば一応は出席したことにはなるんだから、行くだけは行ったほうがいいよ。それに登校しないと、高校への内部進学ができなくなる」

かもめはむくに言った。

もっとも、内部進学を希望する場合には教室で授業を受けている必要があり、そうでない場合はその認定基準から外れる可能性は大いにあった。しかし、むくがまだ一年生なのがせめてもの救いだった。

「勉強ができないから保健室へ行っても意味がないよ。それに勉強なら家のほうが落ち着いてできる」

一旦そう言い始めると、むくはかもめが何と言っても頑として聞き入れず、それからは週二回ぐらいしか保健室へは登校しなくなった。

かもめはむくのこれからのことを考えると、心配で仕方がなかった。

（苦労して受験し、せっかく私立の中高一貫校へ入れたのに、もし高校へ上がれなくなったらこれまでの苦労が水の泡だ。再び受験戦争で大変な思いをしなければならない。それに何といっても、むくは環境の変化に弱い上に友達作りが苦手だから、また新たな学校で、不安と緊張の日々を過ごさなければいけなくなってしまう)

そう考えるとかもめは、何とか現在通っている中学から高校への内部進学をさせなければいけないと思った。そして、むくが学校へ登校するしないに関わらず、とにかく毎朝、起こすことだけはしようと考えた。

そんな生活をしながらも、むくは保健室登校の初めの頃、「携帯電話事件」のほとぼりが冷めたら、何とか三学期中に教室へ戻りたいと考えることもあったようだ。しかし保健室登校を始めて二週間ぐらい経った頃、時々保健室へ、むくの様子を見にきてくれる仲良しの友達からある事実を聞いたことで、不可能になってしまった。

それは、クラスで比較的仲良くしていたグループのリーダー格の友達が、「携帯電話事件」を境にむくに対する態度を豹変させ、むくを避けるようになったことに関してだった。それが何故なのか、むくはその時から疑問に感じていた。そして「本当のことを教えてくれなかったら死ぬ!」とその友達を問い詰め、事実を聞き出したからである。

「親にも言われたんだけど、私立は選ばれた人が来るところなのに、あの人みたいな人と付き合っていると自分も同レベルの人間だと思われて損だから、これからは付き合わないつもり。みんなもあの人に話しかけたり、お弁当に誘ったりしないで」

その友達が、グループの他の人達にもそう命令したというのである。

むくと一番の仲良しの友達は、そのことを知ってむくがショックを受けないよう、ずっと知らせず、その後もむくのことを気にかけていてくれたのである。

その事実を知ったむくは、もう教室へ戻ることはできないと思い込み、絶望的な気分に陥ってしまったのだ。

（むくと仲良くしてくれているあの友達は、本当にいい人だ。ああいう人がむくとずっと友達でいてくれればいいのに）

かもめはそう願わずにはいられなかった。

三、保健室でもテスト頑張った

学年末試験の時期がやってきた。

保健室登校になってから一度も教室へ行けていなかったむくは、試験を保健室で受けさせてもらえることになった。

筆記試験以外の実技を伴う美術や音楽のような科目は、各教科ごとにレポートや作品製作課題が出され、それを自宅でやって提出することで、筆記試験と合わせて採点してもらえることになった。

ただそれ以外の教科では、通常の授業で使うプリント類は一部を除き、むくたち保健室登校の生徒には配られなかったので、担任や各教科の先生から、試験直前に伝えられたテスト範囲を自力で勉強するしかなかった。

むくの担任の担当教科は数学なので、せめてその教科のプリントだけでも貰えれば、むくにとっては大助かりだったはずだが、担任はむくを嫌っていたので、それさえも渡されなかった。

「一応クラスの生徒なのに、なんであの先生はプリントさえもくれないの？　応援するどころか全く無視なんて酷すぎるね」

「あの先生は私のことをすごく嫌っているから、駄目だよ。きっと、私の成績がどうなろうと関係ないと思っているんだよ」

むくは怒りながらそう言った。

「そうなの？　本当に酷い先生だね」

普段から、他人に対してわりと寛容なかもめも、その担任には腹を立てた。

その数日後、職員室の前を通り掛かったむくは、たまたますぐ側の小部屋に、授業で配るプリント類が置かれているのを発見した。

（先生が配ってくれないんだから、勝手にもらっちゃおう）

むくはそこから、試験範囲と思われるプリントを探して、何枚か頂戴してしまった。

その話を聞いたかもめは、むくに対してそれを悪いことだとは言えなかった。

別の日に、再びむくがプリントを貰おうとしていると、今度は運悪く担任が通りかかり、その現場を見られてしまった。

「勝手に持っていこうとするなんて、それではまるで泥棒です。欲しいなら『プリントをください』とちゃんと言いなさい！」

担任は激怒しながら言った。

しかしむくは、プリントが無ければろくに勉強ができないし、先生がくれないのが悪いと思っていたので、担任の怒りなど全く気にせず、また反省する様子もなかった。

そんな状態だったので、十分なテスト勉強をするというわけにはいかなかった。

ただ学年末試験の出題範囲は、三学期の分だけでなく一年間の全てのところからの出題だったので、それまでの勉強の蓄積が多少あり、それが幸い役立った。

とはいえむくもかめも、学年末試験の成績については、学年最下位でも仕方がないと考えていた。

しかし成績が発表されてみると、二人の予想に反して、クラスの上位とはいかないまでも、中ぐらいのところには位置することができた。

（これなら何とか、二年生に繋げられるかもしれない）

かもめは少しほっとした。

「授業を受けていないのにクラスで中ぐらいの成績なんて、凄くない？　同じクラスの、もう一人の保健室登校の人は、クラスの中で一番下のほうだって言ってたよ」

またむくは、いつもの悪い癖を出し、自分自身の頭の良さに自惚れて天狗になった。

次回に向けて努力しようなどとは、これっぽちも考えていないのだった。

「それぐらいで自慢しないでよ。今回は一年生の全ての範囲からの出題だったから何とかなったかもしれないけど、二年生からは教室で授業を受けないと、どうにもならなくなるよ」

かもめはむくに釘を刺した。世の中はむくが考えているほど甘くはない、それを理解してもらいたかったのだ。

中学一年が終わりに近づき、やっと一段落というところまで辿り着いたところで、かもめはむくが入学してからの一年間を振り替えってみた。

それまでの生活からは考えられないような様々な事が、次から次へと起こった一年だった。

むくの私立中学入学に始まって自宅と賃貸との二重生活、それに慣れる間もなくからすが脳梗塞を発症して重度の嚥下障害になり、長期での入院を余儀なくされた。

そしてむくは、「携帯電話事件」を起こし、それが引き金となって保健室登校へと展開していった。

苦難と苦労の連続、この一年間は、まるで小説の中の話のような生活だった。

しかし三人で、それらの苦難を何とか乗り越え、からすは見事に会社へ復帰し、むくも中学一年を何とか無事に終了できそうなところまでできた。

二年生になってクラスが替われば心機一転、きっとむくはまた以前のように、元気に学校へ通えるだろう。かもめはそう考えていた。

そして家族三人共が更に良い方向へ向かっていき、以前のような平穏な生活を取り戻せるに違いない、そう信じようとしていた。

更なる不幸が現実に待ち受けていようとは、その時のかもめは、全く知る由もなかったのである。

四、むくの様子が可笑しい

春休みに入ったので、少しはむくが元気を取り戻してくれるだろうと、かもめは少しほっとしていた。

しかしむくは元気になるどころかむしろ塞ぎ込むようになった。そしてイライラすることが多くなり、精神状態が徐々に不安定になっていった。

休みになってからは以前にもまして、朝は起きられなくなった。殆ど毎日、午後の二時、三時まで寝ているのが普通になり、酷い時は夕食時まで寝ていることもあった。

「いつもこんな時間まで寝ていたら駄目だよ。新学期になっても起きられないでしょ」

かもめは心配して、毎日一生懸命むくを起こそうとしたが、少しも生活を改善しようとはしなかった。

「あの学校のやつらも先生も、みんな死ねばいいんだ！　あのくそ学校！」

暫くすると、そんな暴言まで吐くようになった。またそうかと思うと、やけに悲観的な事をいう時もあった。

「私なんか生きてる価値がない！　死んだほうがいいんだよ、こんな人間なんか。これからどうすればいいのかわからない。ずっと考えていると頭が可笑しくなりそうだから、もう死ぬしかない！」

そして、更にむくの精神状態は悪化し、自殺をほのめかすような発言や、支離滅裂なことばかりを言うようになった。

春休みの終わりが近づいた頃には、突然大声で怒鳴ったり、喚いて暴れるようになった。ただ、暴れるといっても、人に暴力を振るうのではなく、専ら自分自身の頭を手の平で叩く、髪の毛を引っ張るなど、自傷、自虐的行為が主だった。そうなるとかもめの手には負えなくなった。

（この様子からすると、もしかしたらむくは鬱病なのかもしれない。このまま放っておいたら、もっと悪くなる気がする。何とかしないと）

そう考えたかもめは焦り始めた。

「もしかしたら、精神的な病気かもしれないから、一度心療内科で診てもらったほうがいいかもしれないよ。もし病気だったら治療しないと治らないし、どんどん辛くなるだけだと思う」

かもめはむくに言った。

「わかった、行ってみる。このままだと苦し過ぎて何をするかわからないし」

恐らくこの時のむくは、本当に精神的に辛く苦しくて、限界に近かったのだろう。

かもめはすぐに、インターネットで、精神科や心療内科を探し始めた。

「心療内科や精神科は、大人の診察しかしていないところが多いみたい。もともと大人のほうが掛かる人が多いだろうしね。診てくれる病院、見つかるかな?」

探し出すのに少し時間は掛かったが、やっと一軒、診察可能な病院が見つかった。そして予約を取り付けることができたので、かもめはほっとした。

それから数日後、むくと二人不安な気持ちで、人生初の心療内科の門をくぐった。

かもめはどちらかというと、心療内科には暗くて陰気なイメージを抱いていたのだが、意外に明るく、普通の内科医院などと変わらない雰囲気だったので、少し安心し、緊張が解れた。

初めに受付で、健康状態や精神状態を把握するための、様々な質問の書かれた問診表を渡され、むくはそれに記入して提出した。

その日は予約していたにも関わらず、一時間近く待たされたのち、やっとむくの順番になった。

診察室へ入ると、待っていたのは四十前後の男性医師で、精神科というよりは外科医といった方が合いそうなタイプだった。

むくが書いた問診票に一通り目を通すと、その医師は深刻そうな様子で言った。

「書いてもらった問診票を見る限りだと、この年齢にしてはかなり自殺願望が強いようです。子供の自殺願望は大人のより危険なのです。お嬢さんは心の中に様々な悩みを抱えているようなので、これから色々とお話を伺ったり、心理テストをします。それからでないとはっきりした診断は下せません。また必要であれば、ご家族全員からもお話を伺うことになるかもしれません。それから病名を診断し、治療のために薬が必要なようでしたら処方します。まずは次回、この二種類のテストをやってきてください」

そういった説明を受けたあと医師から渡されたのは、白紙の用紙一枚と「私は〜」と何行にも渡って書かれた用紙の二種類だった。

「この白紙の用紙には自分の好きな所に、木の絵を描いてみてください。それからもう一枚のほうには『私は〜です』というふうに、『私は』のあとに、自分について今現在感じていることや思っていることを、思いつくまま沢山書いてみてください。深く考えないで直感でいいですから」

その日の診察はそれで終了し、次回の予約をして帰宅した。

（心療内科の診察はとても疲れるうえ、時間とお金もかかりそうだ。これから暫く通わなければならないのは大変だな）

かもめは今後のことを含め、考えれば考えるほど気が重くなるのだった。

五、鬱病のまま新学期

二回目の診察までに、むくは渡されていた心理テストを済ませ、それを当日持参した。予約していたにも関わらず、この日も一時間近く待たされた。

限界がきたむくは、「もう待てない、帰りたい」と言い、かなりイライラしていた。その様子を見たかもめは、もうこれ以上待つのは無理だと判断し、診察をキャンセルして病院をあとにした。

その病院は待たされるだけでなく、男性医師だったこともむくは嫌だったようで、結局また振り出しに戻って探すことになった。

しかし今度は病院探しが難航し、病院での診察が受けられないまま、二年生の始業式を迎えることになった。

クラス替えや環境の変化への不安からか、むくの精神状態は悪化したように、かもめには思えた。最も不登校になってから教室へ行くのは約二ヶ月ぶりなので、それは無理もないかもしれなかった。

「クラス替え、どうなるのかな?」

むくは心配そうに聞いた。

「気になるよね。でも学年主任の先生が、できる限り配慮しますって言ってくれたから、仲良しの友達のうち、誰か一人ぐらいは一緒になるんじゃない？」

「でも、あの人とじゃなければ意味ないよ」

むくのいう「あの人」、それはクラスで一番の仲良しで、むくが保健室登校になってからも気に掛けていてくれた友達のことだった。

始業式の当日、かもめはむくや新しいクラスのことがとても心配だったし、またむくも一緒に来てほしいと言ったので、学校まで付き添って登校し、一旦は保健室へ行った。そして保健室の先生方や学年主任の先生に挨拶し、そのあと始業式が始まるまでそこで待機させてもらった。

「始業式にはやっぱり出たほうがいいんですか？」

不安そうな様子で、学年主任にむくが聞くと、

「そうですよ。列の一番後ろでもいいから並んで式に参加しておけば、そのあと教室へも行きやすいわよ」

学年主任はむくにそう薦めた。

そう言われて覚悟を決めたむくは、恐る恐る新しいクラスの列の最後尾に並び、何とか始業式に参列することができた。そして式のあとは、新しいクラスで使う教室へも行けたので、かもめは心底ほっとした。

（良かった、これできっと何とかなる。やっと肩の荷が降りたよ）

教室から戻ったむくに新しいクラスの様子を聞くと、むくの心配していたことが現実になって

いた。一年生の時、一番仲の良かった友達は、同じクラスになってはいなかったのである。

また一緒のグループだった友達も、誰一人同じクラスにはならず、一緒になったのは、以前のクラスで特に仲良くはないが、わりと性格の良い七、八人のクラスメートだった。

しかしむくにとっては、その人達と一緒のクラスになっても何の意味も無かった。

先生から頼まれたのか、そのクラスメート達は、度々むくに話しかけてくれたりお弁当に誘ってくれたりしていたようだ。

しかしむくは、一年生の時に自分が起こした「携帯電話事件」に拘り続け、そのことを知っている以前のクラスメート達は勿論、クラスの他の生徒達にも決して心を開こうとはしなかった。

二年生になってからのむくは、とにかく頑なで精神的にも不安定だったので、毎朝一人で登校するのを嫌がり、学校まで送ってほしいとかもめに言った。

再び不登校になられては困ると思ったかもめは、むくが慣れるまでの約一ヶ月、付添って登校し、学校の前まで送り届けた。

何とかそれで登校していたのだが、クラスでは殆ど誰とも喋らず、休み時間に席を立つことも無かったようだ。

何かに取り付かれたように勉強ばかりしていたので、クラスの中では完全に孤立した存在になってしまった。

「お弁当の時間はどうしているの？」

むくから学校での様子を聞いたかもめは、心配になって聞いた。

「怖くて教室でなんか食べられないから、昼休みはトイレで食べてそこに篭っているか、あとは階段でこそこそ食べて、そのあと図書室に行ったりしている」

「そうなんだ、週のうち一、二回でも誰かと食べるのは無理なの？」

「怖いから無理。それに一人のほうが気も楽だし」

（毎日そんな生活をしているなんて、本当に可哀想なむく。これも鬱病の悪化が原因かもしれない）

かもめはそう思った。できるなら一日も早くむくを心療内科へ連れていって受診させたかったが、学校があるとなかなかそれができないので、かもめはそのことがとても気掛かりだった。

二年生になってすぐの五月には学年行事として、広島での宿泊学習が行われることになっていた。

これはクラス内を幾つかのグループに分り、グループごとに学習テーマを決め、事前にそれについて学習したり研究したのちそれに参加する。

また実際に現地でも、様々な場所に出かけてそれらについて調べ、討議検討しておく。そして宿泊学習後に研究した結果を発表するというものだ。

その事前のグループ討議の時、むくと、同じグループのリーダーとの間で、ちょっとしたことからトラブルになった。

「意見を発表してください」

グループのリーダーが、むくを名指しで言った。しかしむくは、

「特にありません」

発表が大の苦手なむくはそう答えた。するとリーダーは言った。

「ちゃんと真面目に答えてください」

「考えてもわかりません」

むくの答えを聞いたリーダーは、突然怒り出した。

「みんな意見を出しているんだから、ちゃんと意見を出せよ！」

むくのことを、いい加減で非協力的だと思ったのか、大声で怒鳴ったのだ。

すぐに担任の先生がそれに気が付き、その場を収めてくれたが、双方には険悪なムードが漂った。

「あいつは私のことが嫌いだから、みんなの前で恥を掻かせてやろうと思って、わざと言ったんだよ」

家に帰ってから、むくはその時の様子を話し、怒りをぶちまけた。

その出来事がきっかけになって、むくは一年生の時のことがフラッシュバックし、再び学校へ行くのが怖くなってしまったようだった。

その頃のむくは一触即発の、かなり危険な精神状態だったので、学校へ通うことができていた

のは奇跡的だったかもしれない。

その数日後、宿泊学習の前日に保護者会が行われた。

かもめはそれに出席し、学校生活や翌日の宿泊学習についての説明を受けた。そのあと個人的に、担任の先生と話をする時間があったので、グループ討議での出来事や宿泊学習に参加するにあたっての心配事などを伝えた。

その先生は一年生の時の担任の先生とは違い、優しくて面倒見が良かったので、相談がしやすく、むくのことを安心して任せられるような気がした。

「クラスの人達との関係に、よく注意してあげられなくて申し訳ありません。これからはもっと気を配るようにします」

そう優しく言ってくれたので、かもめははっとした。しかしそれでもかもめの不安が消えたわけではなく、何だか嫌な予感がして仕方がなかった。

担任の先生との話のあと、学校でのむくの普段の様子を娘から聞き、心配してくれたクラスメートの母親が、かもめに話しかけてきた。

「お嬢さんは学校で何かあったのですか？　娘がとても元気がないみたいだと、心配しているのです」

「ご心配ありがとうございます。昨年父親が病気になりましたので、精神的に少し不安定になっているのかもしれません」

かもめは相手の心遣いはとても嬉しかった。しかし、詳しくは語らなかった。そして他人の目から見ても、むくの様子が可笑しいと分かるまでになってしまったことには流石にショックを受けた。

帰宅後、翌日の宿泊学習についてむくに確認すると、「参加する」と一応むくが言ったので、かもめは旅行の準備をするのを手伝い、翌日に備えた。

この宿泊学習に参加できるか否かで、その先の学校生活が変わるような気がしていたので、かもめは何とか参加してくれるよう、一生懸命祈らずにはいられなかった。

その晩は翌日の事を考えると、心配で殆ど眠ることはできなかった。

そして運命の分かれ道、宿泊学習の当日を迎えたのだった。

六、再び心療内科へ

いつものように朝起こそうとすると、

「今日はすごくお腹が痛いから、宿泊学習へは行けない」

むくは言った。

「またそんなこと言って！　何とか頑張って、ちゃんと行ったほうがいいよ」

（宿泊学習へ行きたくないから、何とか理由を付けて休もうとしているんだ）

かもめにはピンときた。

考え直して参加するよう、何度もむくを促した。しかしかもめの言うことには、全く耳を傾けようとしなかった。頑固なむくのこと、結局、宿泊学習には参加しなかった。

（ああ、やっぱりあの嫌な予感は的中した！　こうなる気がしていた）

その頃のむくは、精神的に最悪の状態だったので無理強いをしたくはなかった。しかしかもめには、この宿泊学習に参加できるか否かで、今後の学校での生活が決まってしまうのではないかとの危惧はあった。

欠席すると、クラス内に友達のいないむくはますます浮いてしまい、更に学校へ通いづらくなってしまう可能性が高いので、何とかむくを宿泊学習に参加させたかったのだが、かもめの力は及ばなかった。

宿泊学習が終了し、通常の授業が始まった日の朝、いつものようにむくを起こそうとかもめは声をかけた。しかしむくは、この日も嫌だと言って起きようとせず欠席し、翌日からも数日間、続けて欠席してしまった。

（ますます、予想どおりになってきた！　いったいどうすればいいんだろう？）

それでもかもめは、一週間も休めばいい加減むくも学校のことが気になり、再び登校するのではないかと多少は期待しながら待った。しかしそう甘くはなかった。期待はむなしく打ち破られ、その後も教室へ行こうとはしなかった。

かもめは欠席し始めた原因としては、事前学習でのクラスメートとのトラブルのことが大きいと思ったが、それだけでなく、恐らく鬱病も関係しているのだろうと考えていた。

かもめは困ってしまい、再び学校へ、むくのことを相談するために出かけていった。

様々な事情を説明すると、一年生の時と同様、暫くは保健室へ登校して様子を見させてもらえることになった。それと同時に、一日も早く、むくの精神状態を改善させなければと考え、かもめは本腰を入れて、心療内科を探し始めた。

一生懸命探すと、希望していたような心療内科（子供の診察が可能で、女医さん）が見つかった。

診察についてはやはり予約制で、精神科の性質上、患者との対話に時間を要する場合があり、診察時間まで待つことは珍しくないと言われた。

それは他の病院でも同じだろうと思い、むくには我慢してもらうことにした。

その週は予約でいっぱいだといわれたが、翌週には予約を取ることができた。六月初旬に、やっと心療内科へ掛かれることになったのである。

（これでやっと、むくが元気になれる）

かもめはほんの少し安心した。

予約した日にむくと心療内科へ行き、待合室へ入った。そこは、三、四人座ったら、もうそれでいっぱいというぐらいの狭さだった。

順番が来て診察室へ入ると、待合室よりは若干スペースが広かったが、それでもかなり窮屈な感じがした。

医師は四十代ぐらいの女医さんで、とても優しい先生だったのでむくは安心した様子だった。

初回なので、まずはむくの現在の精神状態と、そうなるまでの経緯を説明した。また、むくが中学に入学してからの学校生活、賃貸二重生活、そしてからすの病気（脳梗塞）などについても、一通り手短に伝えた。

「一度の診察だけで、病気になるまでの過程や背景を把握するのは難しいでしょ。だから、診断をするためには何度か診察に通ってもらって、時間を掛けたほうがいいと思うわよ」

医師がそう言い、かもめもそのほうが良いと思ったので、暫く通院してから診断を受けることになった。

「あの先生は話し方がすごく優しくて、眠気を催したよ」

むくは言った。

確かにその先生は、それまでに会ったことのあるどの医者よりも優しく、穏やかな喋り方だったので、かもめも眠くなりかけた。そして感じたのである。

（まるで催眠術みたいだ！　もしかしたら精神科医には、特別なオーラや癒しのパワーがあるのかもしれない）

その日むくには病名の診断は下されなかったが、「強い自殺願望と衝動性があるので危険です」

と医師はかもめに言った。そして念のために、むくに弱い精神安定剤を処方してくれ、夜間、特に精神状態が不安定な時にだけ服用するようにと指示された。

その後むくは、その心療内科で四回ほど受診し、四回目の時に医師から、「鬱病かもしれないね。でも子供の場合は大人の鬱病よりも診断が難しいから」と告げられた。

かもめはその日に、以前からむくが自分自身の性質について、実は何か障害があるのではないかとの疑いを抱いていて、それについての検査を受けたいと考えていることを、むくに変わって医師に相談した。

「数年前から、『自分は普通の人と比べて考え方や行動がかなり変わっていて、すごく可笑しな人間だ』と思っているというのです。何ヵ月か前にテレビを見ていた時、たまたまアスペルガー症候群（自閉症スペクトラムのうちの一つ）の小学生が出ていて、その特徴や行動が、あまりにも自分と似ているので驚いたらしいのです。それで、（もしかしたら、自分はアスペルガー症候群ではないか、いや絶対にアスペルガーだ！　こんなに似ているのだから）そう確信し、検査を受けてみたいと考えるようになったというのです。検査はできるのでしょうか？」

するとと医師は言った。

「アスペルガー？　違う、違う。そうじゃないと思うわよ。普通に会話ができるし、表情もあるじゃない。人の目や顔を見て話すのは少し苦手かもしれないけどね。その方面の専門医ではないのでここでは検査は受けられないけど、受けられる病院はあるわよ」

医師から聞いた話をむくに伝えると、むくは言った。

「私は絶対にアスペルガーだよ。あのテレビで見た少年と似すぎている！」

そう言って、少しも納得しなかった。

実はかもめも以前、アスペルガー症候群の少年が出ているテレビをたまたま見て、むくの度重なる問題行動や、常識が自然に身に着かない特徴などがあまりにそっくりなので、もしかしたらアスペルガー症候群ではないだろうかと、考えるようになっていたのだ。

だからやはりかもめにも、どこかすっきりとしないところがあった。

後日むくが、「どうしてもアスペルガーかどうか知りたい、検査を受けたい」というので、通っている心療内科の医師に相談し、某大学病院の小児科に勤務する医師を紹介してもらえることになった。検査もそこで受けられるという。

その医師は、主に子供の精神疾患が専門で、発達障害についても研究しているということだった。

大学病院までは、賃貸マンションからはそれほど遠くなかったが、調子の良くないむくを外へ連れ出すのは結構大変だった。

予約した日に大学病院へ行くと、予約にも関わらず、やはり混雑していて、診察まで三十分近く待たされた。

その間むくは、ずっとイライラし続けていたので、かもめは、いつまたむくが「帰りたい」と言い出すのではないかと冷や冷やし、とても疲れた。

しかし何とか順番まで待て、診察室へ入ることができた。

中で待っていたのは上品で優しそうな女医さんで、どことなく皇室の美智子様に似ていた。そしてやはり、精神科医独特のオーラを醸し出していた。

むくとの対話が始まると、見かけだけでなく、口調も優しく穏やかだった。

そして、むくの酷い愚痴や呪いに満ちた話、自殺願望についてなど、全てに優しく耳を傾けてくれた。

聞いていると嫌になってしまうようなむくの話を、嫌な顔一つせず耳を傾けてくれるのだから、かもめは精神科医というのは、神様みたいな存在だと感心したし、とても大変な仕事だと思った。

むくはもうこれ以上は無い、というぐらい沢山のことを矢継ぎ早に喋ったので、診察時間の一時間は、アッという間に過ぎていった。

次回の診察は、その一週間後に予約した。

二度目の診察の時も、むくはかなり沢山の悩みや感じていることを医師に話したので、ある程度むくについて理解してもらえたようだった。そしてその日には、やっとむくに診断がくだされた。

「これまでお話ししてくださった色々なことから考えてみて、あなたは鬱病だと思います」

「やっぱり鬱病なんですか?」

それまで通っていた心療内科の医師からも、鬱病ではないかと診断されていたので、それについては二人とも納得した。

そのあとは、むくが疑いを抱いているアスペルガー症候群についての検査のほうへ話が移った。

しかし医師は、アスペルガー症候群の検査ではなく、注意欠陥多動性障害についての説明や、それについての検査用紙を取り出してむくに見せ、そして言った。

「今回は注意欠陥多動性障害についての検査をしてみましょう」

「私はアスペルガー症候群だと思っているのに、どうして注意欠陥多動性障害の検査をするのですか？」

疑問に思ったむくは、医師に質問した。

「あなたのお話では、授業中に立ち歩きしたり、イライラして落ち着きが無いことが、度々あるとのことですよね。また携帯電話など、興味のあることにはとても集中力があるみたいなので、アスペルガー症候群というよりは、注意欠陥多動性障害のほうが近いように思います。注意欠陥多動性障害には様々なタイプがあるのですが、全体的には注意力が欠如していて、飽きっぽく落ち着きが無い、また忘れ物が多いといったような特徴がみられます。授業中に立ち歩きをしてしまうという人もいます。また女の子の中には、興味のある事柄に対して集中力があり過ぎて、上手く頭の切り替えができないとか、拘りの強いタイプの人もいるのです。ですから今回はまず、その検査をしてみましょう」

医師はそう説明したあと、むくに検査用紙を渡した。

その用紙には、項目ごとに沢山の質問が書かれていた。

診断を受ける人の、生後すぐから現在に至るまでの行動や全般的な性格的特徴、対人関係を含むコミュニケーション能力、生活態度等多岐に亘るもので、それらについてむく本人ではなく、保護者であるかもめが回答するのである。

その検査は自宅で行い、回答したものを次回の診察までにその医師宛に郵送し、診断の結果を、次回の診察時に聞くということだった。

七、注意欠陥多動性障害なの？

大学病院で渡された「注意欠陥多動性障害」の検査では、むくの生後間もない頃のことから思い出さなければならなかったので、かもめが想像していたよりは大変で、回答には数日間を要した。

しかし何とか終わらせ、次回の診察に間に合うよう担当医に郵送することができたので、かもめはほっとした。

診断結果を聞く日には、これで全てが分かってしまうのかと思うとかもめは少し怖くなり、できれば病院へは行きたくない気がした。

むくは病院で、その一週間の様子を愚痴を交えながら伝え、最後に「注意欠陥多動性障害」についての診断結果が伝えられた。

「検査の回答でそれぞれの項目について、お母様が○を付けてくださった数を集計した結果では、あなたはアスペルガー症候群というよりは、注意欠陥多動性障害のほうに当てはまるようです」

「そうなんですか？　自分ではアスペルガーの特徴にぴったり当てはまっていると思うのですが」

医師の話を聞いたむくは、とても信じられないといった様子で言った。

「注意欠陥多動性障害の人達の中には、アスペルガーに近い特徴を持った人もいますし、両方を併せ持っている人もいます。この検査で『当てはまる』というほうに○の付いた数では、あなたは注意欠陥多動性障害のほうに入るようですが、あと一つ当てはまるのほうに○が付いていると、アスペルガー症候群のほうに入ることになります。だからあなたの場合は、アスペルガー症候群に近い特徴を持っているといえるかもしれませんね」

回答用紙を見せながら医師にそう説明されると、多少はむくも納得したようだったが、それまでの自分自身のことを考えると、やはり百パーセント納得というところまではいかないようだった。

検査の結果が出てはっきりしたので、この日で大学病院での診察は一旦終了になった。

しかしむくには鬱病との診断もくだされているので、その治療については、以前から通院している心療内科のほうで、本格的に受けることになった。近くの病院のほうが通院しやすいという配慮からだった。

「自分がアスペルガーじゃないっていうのは、まだ信じられない気がする。注意欠陥障害と診断されたのはちょっとショックだけど、アスペルガーじゃなくて良かったような気がするよ。注意欠陥障害だと、療育とか薬で症状が改善される場合があるっていうのを、インターネットで見たから」

病院からの帰宅途中、むくは言った。

「そうだよね。注意欠陥障害でも、そう診断されたことはショックだと思うけど、アスペルガーじゃなくて良かったのかもね。そんなことを言ったら、アスペルガーの人達には申し訳ないけど」

どちらも発達障害で、脳の機能障害だということに変わりはないのだが、注意欠陥多動性障害は、ある程度服薬治療や療育で症状を軽減させることができる。しかしアスペルガー症候群のほうは、現状では治療が無いに等しく、症状の軽減は期待できそうもない。

また言葉の発達や知的能的な遅れは無いものの自閉症であり、一般的に想像性、認知能力、コミュニケーション能力が低い、若しくは能力に極端なばらつきがあるという特徴がある。

注意欠陥多動性障害よりもアスペルガー症候群のほうが、今後生活していく上では困難が付き纏いそうだという思いが、かもめの頭の中にあった。

（とにかく今は、むくの鬱病を早く治すことを一番に考えなくてはいけない。注意欠陥多動性障害の治療のほうは、鬱病が少し良くなってきてから考えよう）

かもめはそう思ったのだった。

八、むく、カウンセリングに通い始める

むくは以前から通院している心療内科に再び通院するようになり、自分の悩みや気持ちを何度か医師に話した。

そしてむくが、あまりにも沢山の悩みを抱えていると知った医師は、カウンセリングを受けることをむくに提案してくれた。

「ここには、とてもいいカウンセラーの先生が毎週来ているから、カウンセリングを受けてみない？」

「受けてみたいです」

常に様々なことで悩み、時々自分でもどうすればいいかわからなくなってしまうむくは、誰かに助けてもらいたかったのかもしれない。

かもめは、むくがカウンセリングを受けること自体、反対ではなかったが、費用的な面については気になった。

何しろからす一家は、賃貸マンションの家賃の他に本宅のローン、更にはむくの学校の学費まで毎月支払っているので、家計が逼迫していたからだ。

だから、更にカウンセリング代が毎週掛かることになるのは、現実にはかなり痛手だったのである。

しかし、心療内科への通院だけでは、鬱病がいつ良くなるか分からなかったし、むくにとっては大事な時期なので、かもめは少しでも早く鬱病を治さなければと考え、むくにカウンセリングを受けさせることに決めた。

翌週から、カウンセリングが開始されることになった。

通常そこでのカウンセリングは、心療内科の休診日にカウンセラーが通って来て、診察室で行われる。しかし初回はカウンセラー側の都合で、代官山にある、カウンセリンググルームで行われることになり（そこはカウンセラーのメインの仕事場）、かもめが一人で出向いて行った。

初回のカウンセリングはインテーク面接（導入）といい、カウンセラーがクライアント（患者）についての情報収集をするための面接なので、むくの保護者であり、むくの生後から現在までのことをよくわかっているかもめに、カウンセラーが様々なことを聞く。

カウンセリングの当日、十年ぶりぐらいで代官山へ行くと、街全体が御洒落に生まれ変わっていた。

かなり昔有名だった、年期の入った代官山アパートは取り壊され、代わりに何棟か、素敵なタワービルが建っていた。

一階にはハイセンスなブティックや雑貨店が並んでいて、その素敵なビルの高層階に、カウンセリングルーム

セリングルームはあった。

かもめはそのビルを眺めて圧倒され、そして感激した。

(すごーい、お洒落なビル！ こんな素敵な所なら、カウンセリングだとしても来れて良かった)

初めて会ったカウンセラーは、心療内科の医師と同年代で四十代後半といった感じ、綺麗でとても優しそうな人だった。

初回のカウンセリングでは、かもめはカウンセラーから、むくの生後から現在に至るまでのことについて、順を追って沢山の質問を受けた。

かもめはそれに対して、むくの生後から幼児期にかけての身体的な発達状態（言語や歩行等）、幼稚園から現在までの家庭や集団生活での行動面、対人関係、そしてトラブルなど、隠さず、かなり詳細に答えた。

(こうやって話していたら、むくが随分沢山の問題行動や対人的なトラブルを起こしていたことが分かった)

かもめは改めてむくのことについて認識し、かなり驚いたのだった。

インテーク面接では、カウンセラーに伝えたいことがあまりにも沢山ありすぎ、面接予定の一時間など、あっという間に過ぎてしまい、時間を三十分延長してもらって説明を続けた。

話をし終わると、かもめはかなりの疲労を感じた。

(話すってこんなに疲れることだったのか)

それまでかもめは、一生懸命話すということが、これほどまでにエネルギーを消耗するものだとは思っていなかったので、そのことにも驚いた。

ここでのカウンセリング料は、心療内科のほうで受けるのと同じだろうと、かもめは考えていたのだが、料金表を見るとこちらでのほうが若干高かった。

一時間で一万円、延長の場合は十五分ごとに千五百円の追加料金が必要だ。

この時は三十分延長したので、本来なら三千円の追加料金が必要なところだが、料金について初めに説明を受けていなかったのと、初回だからなのか、「今回は一時間分の料金だけでいいです」とカウンセラーに言われ、それだけを支払った。

最後に、次回のむくのカウンセリングの予約を取り、その日は終了したのである。

九、自殺願望

むくが初回のカウンセリングを受ける日には、勿論かもめも一緒に心療内科へ行った。

カウンセラーと顔合わせをしたあと、今後のカウンセリングの進め方の方について、むくはカウンセラーから提案を受けた。

「一時間のうちの四十分ぐらいをあなたとお話しして、残りの時間にはお母様にも入っていただいて、三人でお話ししようと考えているのですが、あなたは如何ですか?」

「それでいいです」

カウンセラーと話し始めると、むくは早速、一年生の時の担任や、学校に対する愚痴や呪いの言葉を並べ立て、心の中に抱えている大量の不満を吐き出した。また自分自身の自殺願望についても明らかにした。

カウンセラーはそんなむくの話に、優しく穏やかな様子で耳を傾けていた。これはカウンセリングでいうところの傾聴である。

カウンセリングへ二回通ったところで、カウンセラーはかもめだけを診察室へ呼んで言った。

「お嬢さんは鬱病が原因で、今は学校へ通うことがとても苦しいようです。それから現在、自分自身のことを、生きている価値のない最低の人間だ、とかなり評価を下げてしまっていますし、自殺願望もあるようです。お嬢さんぐらいの年齢だと、大人と違って様々な悩みやストレスに耐える力が弱いですから、自殺願望は危険です。暫く学校をお休みして、そこから離れたほうが良いと思いますよ」

「私立中学でも、長期で学校を休むことは可能でしょうか？」

かもめはそのことがとても気になり、カウンセラーに尋ねた。

「お嬢さんは中学生で義務教育ですから、私立でも休学はできると思います。今のうちに病気を治しておかないと、高校へ進学してから長期で学校をお休みすることになるかもしれません。そうなってしまったら、もっと大変ですから、休学することを考えてみてください」

かもめはむくの自殺願望について新たに伝えられたうえ、「休学」も薦められたことは些かショックだった。

かもめは、すぐにむくを休学させてもよいとは思ったが、むくの学期末試験が間近なことや今後の様々なことを考えると、すぐにはその決心がつかなかった。

また、むくが高校へ内部進学できるよう、色々と面倒をみてくれている二年生の担任や学年主任の手前もあり、できればむくに学期末試験を受けさせ、少しでも成績を残したほうがよいのではないか、そういう気持ちも一方では持っていたのである。

かもめは決心が付かないまま学期末を迎え、結局むくに試験を受けさせてしまった。

その後、夏休み前にむくとカウンセリングへ行った時、むくは学期末試験を受けたことをカウンセラーに話した。

するとカウンセラーは、あとからかもめに言った。

「お嬢さんの精神的な状態を考えると、やはりすぐに学校を休学することをお薦めします」

カウンセラーは前回に比べ、かなり強い口調でかもめにいった。

再びそう言われたことで、かもめはやっとむくを休学させる決心が付いた。

夏休みに入る頃には、むくの精神状態は最悪になっていた。

そしてある日、むくはとても危険な事件を起こしたのである。

鬱病になってからのむくは、家族と一緒にいるのをとかく嫌がり、いつも「どこかへ出かけてきて」といった。

その日もむくにそう言われ、かもめは夕食の支度を終えてから出かけて、レストランで夕食を取っていた。すると食事中、突如携帯電話のベルが鳴った。

出るとそれはむくで、慌てた様子でまくし立てた。

「病院からもらっていた鬱病の薬を、さっき、いつもの二倍飲んじゃった！　今シャワーに入ろうと思って立ち上がろうとしたら、目が回ってふらふらして、立てなかった」

「なんで薬を二倍も飲んだの？　それに隠してあった筈なのに、どうやって見つけたの？」

「とにかく死にたくてたまらなくなって、居ても立ってもいられなくなったからだよ！　薬は、あちこち探して見つけた。この家は狭いからすぐに見つかった」

「大丈夫？　本当に二倍飲んだだけなの？　とにかくすぐに帰るから、絶対にそれ以上飲んじゃ駄目だよ！　もしもっと具合が悪くなるようだったら、すぐに救急車を呼びなさいね」

むくにそう言った後、かもめは慌てて帰宅した。

急いで家に飛び込むと、むくは少し朦朧としてはいたが、一応は無事だった。

薬の効き目に驚いたらしく、それ以上薬を飲むこともなく、大人しくしていた。

「自殺しようと思って薬を余計に飲んだけど、すぐに怖くなったから、大量には飲めなかった」

むくが落ち着いてから、かもめが事情を聞くとそういった。

「もう、こんなこと絶対にしないでよ！」

かもめは心の底からむくに訴えた。

（もし、むくが大量に薬を飲んでいたら……）

かもめはそう考えるとぞっとして、寒気がしてくるのだった。そして心の中でむくに向かって、無事でいてくれてありがとう、そう言っていた。

夏休みに入って数日間は賃貸マンションで過ごした。しかしかもめは、むくの学校が休みに入ったのに、その狭いマンションで生活することに耐えられなくなった。そこで夏休み中ずっと生活するのは地獄だと感じた。

だが、鬱病を患っているむくの環境を変えるのが良くないことは分かっていた。

かもめは悩んだが、自分自身の精神状態を考えると、夏休み中、少しの間だけでもそこから逃れて本宅へ戻り、ストレスから解放される必要があると考えた。

そこでむくに相談した。

むくは初め、「移動するのは嫌だ」といった。しかしかもめの気持ちを理解してくれ、渋々ながら、一時的に本宅へ帰宅することに賛成してくれた。

賃貸に住み始めた頃、からすは本宅で生活するのは嫌だと言い、無理に狭い賃貸に一緒に住み、そして脳梗塞になった。だからかもめは「今回は一緒に来なくてもいいよ」とからすにいった。

しかしからすは「どうしても一緒に行きたい」と言うので、かもめは拒否するのも可哀想だと思い、からすの気持ちに任せることにした。

十、からす一家の夏休み

本宅へ戻ってからのむくの日常は、賃貸マンションでの生活とそれ程変わらず、午後の二時、三時、遅い時は夕方近くまで寝ていた。

そして食事やテレビの時間以外はずっと携帯を触っていて、ほぼ毎日がその繰り返しだった。

ただ生活場所や環境が変わったのが原因なのか、かもめには若干、むくの鬱病が悪化したように思えた。

また、本宅へ移動したことで生活スペースは広がったが、やはりむくは一人になりたがったので、結局かもめはここでも、外へ出て過ごす時間が多いことに変わりはなかった。

（これじゃ賃貸生活と、全然変わらない）

かもめは不満に感じたが、それでも賃貸マンションでの生活と比べたら、全然ましだと思った。

かもめは留守にする時には、以前みたいにむくが鬱病の薬を余計に飲んでは大変だと考え、用心のため、常に薬を持って出かけていた。

それからからすは、本宅でも生活したが賃貸マンションのほうが会社に近いので、本宅と賃貸とを、日によって行ったり来たりし、まるで「旅がらす」のような生活を送っていた。

「お台場の海を見てみたい！」

夏休みが半ば過ぎた頃、突然むくが言った。

（そういえば、夏休みなのに海外旅行どころか、国内の近場へも旅行していなかった）

むくの言葉でかもめは気づかされた。

「出かける元気はあるの？」

「うん、お台場ぐらいなら何とか行けそう。海を見てたら癒されて、病気が治るような気がするし」

それを聞いたかもめは、家族三人でのお台場プチ旅行計画を考え、実行することに決めた。

そして、もしかしたらその旅行へ行くことで、むくの鬱病が、回復の方向へ向かうかもしれないとの期待を、抱いたのだった。

早速インターネットでホテルを検索すると、以前から宿泊してみたかった、お台場のホテル、「日航東京」が格安プランで出ているのを見つけたので、そこを予約した。

かもめは旅行自体は乗り気だったが、賃貸から本宅へ移動する際、沢山の荷物を持参していたので、旅行へ行く前にそれらを一旦、賃貸へ戻さなければならず、その大変さを考えるとぞっとした。しかしどちらにしろ戻す必要があったので、民族大移動を実行した。

旅行当日、お台場へは昼過ぎに到着した。

チェック・インには早かったので、まずはランチを取るために、三人でロビーにあるラウンジへ入った。

ここはとても広く、海が一望に見渡せるベストロケーションで、アフタヌーン・ティー・セットが人気だ。正午から提供されるので、それを人数分注文した。

「うわぁ、とっても美味しそう！」

運ばれて来たそのセットを一目見たむくは感激しながらいった。

それは三段重ねになっていて、見た目が綺麗なだけでなく、食べてみるとサンドイッチやスコーンなど、どれも美味。

中でも三種類のフルーツ・ジュレは格別の味だった。

そして、ラウンジから見える素晴らしい景色がそれらに彩を添え、更にランチを素晴らしいものにしてくれた。

「何日もここにいたら、元気になれそう」

むくはいった。

その後チェック・インし、むくのお待ちかねの客室へ入った。

「すごく素敵！　海外のリゾートホテルみたい」

豪華でリゾート感溢れる、居心地の良さそうな客室を目の当たりにして、かもめは久々に感激した。からすが脳梗塞になってからそれまでの間で、最も嬉しく感じた日だった。

からすも嬉しそうにしていた。

「ほんと、素敵だね！　海が見えないのは残念だけど、観覧車は良く見えるよ。きっと夜になったら素敵だろうなー。早く夜にならないかな」

「このお部屋、気に入ったの？」

「うん、とっても素敵だから気に入ったよ！」

オーシャン・ビューは料金的に手が出なかったが、むくが気に入ってくれたようなので、かもめは嬉しくなり、来て良かったと思った。

ホテル内には素敵なプールやジャグジーのあるスパがあるので、かもめ是非、むくと一緒に入りたいと思っていた。しかし残念なことに、十八歳未満は利用不可能だった。

それでかもめは、何をして過ごしたいのかむくに聞いた。

「メディアージュで映画を観たい」

映画が好きなむくはいった。

ホテルのすぐ隣には映画館の入ったショッピングセンターがあるので、むくにとっては、このホテルは打ってつけだった。

「私は一人で映画を観るから、ママはプールに入っていいよ。楽しみにしてたから」

「でも、一人で大丈夫？」

「ここの映画館は、前にも一人で入ったことがあるでしょ。その時ガラガラだったし、きっと今日も混んでないから、危なくないと思うよ。映画館に入る時だけ一緒に来てくれれば大丈夫」

むくがそう言うので、それぞれがやりたいことをして、充実した時間を過ごすことにした。

むくを映画館へ送り届けたあと、スパへ行こうとすると、からすもジャグジーに入りたいというので、二人で一緒に行った。

かもめはその中の、ジャグジーに入るのをとても楽しみにしていたのだが、実際に入ると、想像以上の素晴らしさだった。

屋外の、海が目の前という、最高のロケーションに加え、夕暮れ時からは、リゾート地のとは一味違った美しく素晴らしい夜景が、四方八方に眺められた。解放感も一際だった。ライトアップされたフジテレビの球体や、レインボーブリッジを眺めながらジャグジーに浸かると最高にリッチな気分に浸れ、贅沢の極みだとかもめは思った。そして感動すら覚えるのだった。

かもめはこの感動を、むくと一緒に味わえないのがとても残念だったので、いつか絶対に、むくと一緒に入りたいと思った。

その日の夕食は、メディアージュお台場の中にあるレストラン、「シズラー・ステーキハウス」へ行った。

海に面したテラス席があり、そこからは沢山の屋形船が浮かんだ素敵な夜景が眺められるので、三人とも大好きなレストランである。

ステーキやシーフードのメインディッシュを注文すると、サラダ、スープ、カレー、パン、そしてデザートなどが全て食べ放題になる。味が良く、コストパフォーマンスの高いレストランだ。

はち切れんばかり、お腹いっぱい食べ物を詰め込んで、満足した三人はホテルの部屋へ戻った。すぐにベランダへ出て外の景色を眺めると、華やかにライトアップされた、観覧車の美しい姿が、夜空にくっきり浮かんでいた。

時間の経つのも忘れ、三人でそれを眺め続けた。

「来て良かった！　とっても癒されて元気になりそう」

むくがいった。

かもめはその言葉を聞き、からすとの闘病生活、むくの不登校や鬱病など、辛く苦しい現実や気持ちから解放され、それらが一瞬にして吹き飛んだ気がした。

束の間の幸せを味わうことができたのである。そして、

（これからは、良い方向へ向かいそうだ）

そう思った。

十一、からすの身体に異変が

からすは冬の間、筋肉が硬直して痛いのと痺れとで辛い日々を過ごしたが、夏になれば筋肉が解れ、少しは身体の調子が良くなるだろうと考えていた。

しかし夏になると、多少痺れは軽減したが、それまでとは違った面でからすの身体に、信じら

れないような異変が起きた。

からすの場合、脳幹という、脳の神経の集まる場所に梗塞が起き、それが原因で様々な麻痺症状が現れた。

温感を感知してコントロールする機能にも不具合が生じ、上手く体温調節ができなくなっていた。

暑くても汗が出にくくなったため、体温が高くなり過ぎてしまい、麻痺側の左半身が熱したように熱くなった。

「いつも左半身が燃えるように熱い！　夜寝てる時なんか特に熱くなるから、切り落としたくなるよ」

からすは毎日嘆いた。そしてある日、からすがいった。

「なんか、横隔膜の辺りが盛り上がってきて、しかもそこがすごく硬くなっているんだよ」

「えーっ、何それ？　いったいどうなったの？　ちょっと見せてよ」

かもめは驚き、すぐに見せてもらうと、確かにその辺りが変形して盛り上がり、しかもやけに硬くなっていた。

「いつからこんなふうになったの？　不思議だね。これって変形してるの？」

（もしかしたら、身体が熱くなり過ぎて、筋肉が加熱したのが原因かな？　焼き過ぎた肉のように硬くなって、委縮していた部分の萎縮が更に進み、骨まで変形させたのかもしれない）

かもめはそんな推測をし、そして思った。

(骨まで変形させてしまうなんて、脳梗塞はある意味、他の病気よりも怖いかもしれない)

「食べるとこの変形のところに物が支えるみたいで、全然食べられなくなってきた。腸捻転になったのかな?」

(何、脳梗塞の次は腸捻転? いったいどうなっているの? なんでこの人には、次から次へと問題ばかり起こるの!? もしかしたら疫病神?)

この時かもめは、驚くと同時に心配もしたが、段々と、問題ばかり持ち込んでくる、からすという人間に嫌気が差し始めていた。

それからすぐ、からすは病院で検査を受けたが、それは腸捻転ではなかった。

かもめの推測どおり、筋肉の硬直が進んだことによる骨の変形が原因で、それが内臓を圧迫していたのだ。

医師によると、空腹時に特に圧迫されやすいとのことだった。薬を処方してもらったが、変形した所が治るわけではない。

からすは変形とそれによる内臓の圧迫、それらと永久に付き合わなければならない身体になったのである。

脳梗塞患者にとっては冬の方が再発のリスクが高く、危険だと思われているようだが、実際夏にも、脱水症状や、急激な気温の変化による血圧等の変動等、かなりのリスクがあり、冬と同じぐらい危険なのだ。

脳梗塞発症後、半年以上も経過してから、そういった症状が出現するとは二人とも全く想像していなかったので、かなりの驚きだった。そして脳梗塞は本当に怖い病気だと、改めて認識せざるを得なかった。

第六章　模索

一、むく、芸能界入りを夢見る

お台場から戻ったむくは、かもめの目には多少、元気を取り戻したかに見えた。だからこの調子でいけば、案外早く、むくの鬱病が治るかも知れないと考え、少し安心した。

ところが、夏休み最後の一週間には突然むくが何かに取りつかれたようになり、劇団や芸能スクールのパンフレットを次々取り寄せた。

そして携帯で、自分の写真を沢山撮影してはオーディションの応募書類に貼り付け、片っ端から応募していった。

むくがなぜ急に、そういうことをやり始めたのかは、かもめには全く分からなかったが、以前から芸能界に強い関心を持っていたことは確かで、そのことはかもめも知っていた。

またお笑いも好きで、お笑い芸人になりたいと言っていた時もあった。

鬱病が少し良くなりかけて元気が出たので、暇つぶしにやっているだけならかもめは気にしなかった。しかしむくが、取り付かれたようになってしまったのでかもめは心配になり、むくに聞いた。

「どうして急に、劇団へ応募し始めたの？　本気なの？　でも、今通っている中学は芸能活動禁止だから、もしやりたいなら、公立へ転校しないと無理だよ。それから劇団に通うには、いったいどれぐらいのお金が掛かるか知ってる？　多分、私立中学の学費と同じぐらいだと思うよ」

むくは何かをやり始めるとそれ以外の事を考えられなくなり、他の物事と並行して物事を進めることができない性質だった。また中学の問題もあるので、かもめは知らん顔をしているわけにはいかなかったのである。

「劇団が高いのは知ってるよ。でも、どうせ受かるわけはないから、心配しなくても大丈夫だよ」

むくは気軽にいった。しかしむくの性質を考えるとやはりかもめには気になり、あれこれ考えて気を揉んだ。

劇団の費用のことについては、特に気になった。

その時点でもむくの学費、カウンセリング代、住宅ローンと賃貸マンションの家賃、そしてそれ以外にも、毎月様々な支払いをしていた。

それに加えてバカ高い劇団の費用を捻出するとなるとかなり大変なので、どうやって捻出すればよいか、かもめは大真面目に考えた。

そして、現状では厳しいが、もしむくが公立中学へ転校し、学費や賃貸料を払う必要が無くなれば、劇団へ通わせることは不可能ではないかもしれない、むしろ余裕で通わせられるのではないか、かもめはそう考えたのだった。

（できれば気が変わって、諦めてくれるのがいい。でもこれから、むくが本気で芸能界を目指そうと考えるなら、その道へ進むことも視野に入れて応援するしかないかも）

かもめはそこまで考えたが、一方では、むくが芸能界に関心があるといっても漠然とし過ぎていて、あまり現実的でない気もした。

何しろ、歌やダンスのレッスンなど、それを目指すのに必要なことを、全く何もやってきていなかったからだ。

それだけでなく、学校の体育の授業でのダンスや歌などはむしろ苦手なほうで、お世辞にも上手とはいえなかった。

そんなかもめの心配をよそに、むくは応募していた劇団の一次審査に全て合格し、今度は二次審査の応募書類が、次々送り届けられた。

最も一次審査は形式的なもので、殆どの受験生は合格するのかもしれなかったが、むくの、芸能界へ馳せる夢は、一層膨らんだようだった。

学校を休学中で、時間だけはたっぷりあったむくは、送られてきた殆どの二次審査に申し込みをした。

だが二次審査は午前中、若しくは昼過ぎのことが多く、いつも夜更かししているむくが、その日だけ早起きできるわけがなかった。

結局当日になって、どこの劇団の審査もすっぽかした。

「審査の日時を約束しても行かないなら、相手にも悪いし、応募するだけ時間の無駄だから止めなさい！　それにそんなことばかりしていたら、本当に受けたいと思った時に、どこも受けられなくなるよ」

かもめはむくに言ったが、馬の耳に念仏だった。

定期的に通っているカウンセリングで、むくはオーディションに応募したことや、歌やダンスを習いたいことなどを、カウンセラーに話した。

「やりたいことに挑戦するのは良いことですよ。歌やダンスが習えそうなところをお母様と一緒に探してみて、次回のカウンセリングの時に、その様子を教えてくださいね」

カウンセラーはいった。

カウンセラーの仕事とは、大まかにいえば悩みを抱えている患者の心の声や考えに耳を傾け、それらを理解することだ。

だから、むくのことをまず第一に考えて応援してくれるのは分かる。

しかし習い事や学校、或は住宅に関する問題など、家計に関わる問題に簡単に賛成されると、困ることもあった。

できれば、そういったことには立ち入らないでもらいたい、かもめはそんな気持ちを抱いていて、今回のこともそうだった。

しかしそう思いながらもむくのことを考えると、ダンスや歌のレッスンが受けられそうなスクールが近くにないかを、すぐに探し始めたのである。

賃貸マンションのある場所は、たまたま近くに幾つかの劇団があり、芸能関係者が多いので、すぐにスクールは見つかると思っていた。しかし、一般人が通うようなスクールは見かけず、あっても小学生までのコースだった。

殆どは、芸能人やプロのダンサーを目指すような人達が通う、比較的高レベルのダンスタジオだった。

「いつになったらダンスが習えるの？」

「一生懸命探しているけど、年齢とレベルの合うクラスが見つからない。だから今は隣駅で探してる」

しかし二ヶ月近く経ってもスクールが見つからなかったので、むくのイライラとジレンマは最高潮に達した。

その頃、相変わらずオーディションに応募し続けていたむくに、一つの展開が見られた。

「今度こそ、オーディションの二次審査を受けに行くよ。今回のは夕方からだから、私でも受けられる。絶対に行くよ！　それからこれは、劇団じゃなくて芸能事務所のオーディションだから、もし受かってそこに所属できれば、劇団よりもずっとレッスン料が安く済むらしい」

いつもオーディションをすっぽかしてばかりのむくがいった。

「オーディションを受けるっていっても、歌もダンスもできないよ。いったい何をやればいいの？」

「そんなこと私に聞いたって、わかるわけないよ。こっちが聞きたいぐらい。何も習ったことが無いんだから、出来そうな物真似とか、お笑いのネタを考えてそれをやるとか？　もし演技が好きならその練習でもしてみれば」

「どれもやったことがないから、無理に決まってるよ」

（じゃあ、なんで申し込んだの？）

かもめは、現実認識が全くできていないむくに呆れた。そして相変わらずの変わった人だと思った。

何の準備もしないまま、むくはオーディションの当日を迎えた。

かもめはむくに付き添って、オーディションへ出かけていった。

その芸能事務所は、渋谷からバスで十分ぐらいの所にある、小さなビルの一室にあり、想像していたより狭くて質素だった。

「これが芸能事務所？」

かもめは一瞬、がっかりした。しかしちらっと中を覗くと、意外にも沢山、受験者が五、六十人集まっていたので驚いた。

「気楽に頑張ってね」

受付で受験票を提出すると、むくは事務所の中へ案内された。

一方かもめは、事務所の入り口付近に待合室が用意されていたので、オーディションが終了するまで、そこで待たせてもらうことにした。

入ってすぐの所でむくはオーディション用の写真を撮影され、そのあとは更に奥のほうへ進んで受験者達の列に加わったので、かもめには、そこから先のむくの様子は見えなくなった。

時間になりオーディションが始まると、一人ずつ順番に審査員の前に呼ばれて自己紹介やアピールをした。

そのあとは歌やダンスなど、持ち芸や特技がある人はそれを披露し、特に無い人は当日出される演技課題に従って、数人の審査員の前でそれらを披露した。

離れたところにいて見ることのできないかもめにも、その様子は微かに伝わってきた。

歌手志望で、自作の歌を歌い、オーディションに挑む女性もいた。

(むくは全く何もできないのに、もし自分の番になったらどうするつもりだろう?)

かもめは自分のことみたいに心配して緊張し、ドキドキした。そして思った。

(むくにとっては初めての経験なので当然緊張していると思うけど、自分のほうが更に緊張しているに違いない)

運命の瞬間、むくの順番が来た。

かもめにはむくが名前を呼ばれ、審査員席のほうへ行ったのは何となくわかった。しかしそのあとの様子は全くわからず、手に汗を握るばかりだった。

「自己紹介は普通にできた。そのあとは演技をやったんだけど、出されたのが『病気になって最後に倒れる』という課題で、やり始めたらすぐに恥ずかしくなって笑っちゃった。だから全然できなかった。私なんかには芸能界は無理だったよ」

帰宅する道すがら、むくはいった。

「そうなんだ、やっぱり難しいと思う?」

「難しいよ。演技なんて一回もやったことないし、歌やダンスもできないし」

「そうだよね。でも初めてだから仕方ないよ」

「審査員の人に、これから演技の勉強を始めてみてくださいって言われたよ」

「もしこれから、本当に芸能界を目指すつもりなら、そういう勉強をしないとね。とにかく念願のオーディションが受けられたことは良かったね。いい経験になったでしょ」

むくは物事について把握したり想像したりするのが苦手だ。だからオーディションに限らず、何事も自分で経験したり体験して物事の本質を認識することが必要で、それが大切だとかもめは考えている。

そうしないと、いつまでもその事柄に囚われ、前に進めないだろうと思うからだ。

今後も芸能界を目ざすかどうかは別として、オーディションを経験できたことは、むくに取ってプラスになったに違いないとかもめは思った。

しかしそれ以来、むくはオーディションには応募しなくなったし、芸能界に入りたいとも言わなくなった。

かもめは内心ホッとしたが、その時既にむくの関心は、芸能界に関連する別のことに移りつつあった。

それが原因でまた一波乱起きることになろうとは、かもめはその時知る由もなかった。

二、芸能界を目指す

むくはオーディションの次は、芸能雑誌を沢山買い込み始めた。

そして携帯で、芸能に関する掲示板を見たり、それに関するメールマガジンを購読し、ある芸能人の情報を集めているようだった。

かもめはあとから知ったのだが、メールマガジンを百種類近く読んでいたらしい。

そしてメールマガジンは、そのうち自分でも発行するようになった。

「もしかしてジャニーズの誰かのファンなの？」

かもめはむくに聞いた。

「まあね。でもデビュー前の、全然有名じゃない人だから、教えても絶対に分からないよ。テレビにも殆ど出ないしね」

初めのうち、むくは誰のファンなのかは秘密にしていた。しかしそのうち、ジャニーズ・ジュニアの予備軍の小中学生のうちの数人が好きなのだ、ということだけは教えてくれた。彼らはジュニアが歌う時に、ステージで一緒に歌ったり踊ったりしているという。

それから程なく、むくはジャニーズのファンクラブに入りたいと言い始めた。

以前から好奇心旺盛なむくだったが、関心の矛先が次から次へと変わるのには、正直かもめは呆れ、驚いた。そしてまた、振り回されることになるかもしれないと思うとうんざりした。

「ファンクラブに入会するのは高いんでしょ？」

「五千円ぐらいはするけど、どうしても入りたい。入れないなら死んだほうがましだ！」

むくはまた取りつかれたようになり、いつもの口癖を叫んだ。

「急にそんなこと言っても、お金が無いんだから駄目だよ」

かもめはファンクラブの入会のことより、入会後にコンサートのチケットを次々購入したり、また何か問題を起こすのではないか、そのほうが気になった。

かもめが反対するとむくはパニックを起こし、怒って暴れた。

そして何日も何日も、朝から晩まで、かもめがＯＫするまで同じことをしつこく言い続けた。

結局かもめは根負けし、またむくは学校を休学していて遊ぶ友達がいないので可哀想だと思ったこともあり、ファンクラブへの入会を許可してしまった。

しかし実際に入会させると、かもめの想像していたように、むくは厄介な問題を引き起こすようになった。

次々送られてくるコンサートの案内を見ては、一緒にコンサートへ行く相手を携帯サイトで探し、かもめの許可を得ずに申し込みをした。実際に掛かる費用のことなど、全く考えていない様子だった。

「コンサート代をちょうだい。人の分も立て替えたから取り敢えず二人分ね。相手の代金は後から受け取るから、その時にちゃんと返すよ」

「いつもそういう申し込みとか、勝手にやったら駄目だよって言ってるのに、どうして勝手に申し込みしたの？　しかもよく知らない人の分まで立て替えるなんて。そんなことする必要なんかないでしょ？　もしその人が返してくれなかったらどうするの？　勝手に申し込みしたんだから知らない。自分で何とかしなさいよ」

「一緒に行く人のチケットも同時に買わないと、隣同士の席にならない。どっちかが代金を立て替えないと駄目なんだから、仕方がないんだよ」

むくは訴えた。しかし、かもめがお金を出すと言わないので、更にむくのパニック状態は酷くなり、叫んで暴れた挙句、自分の頭を叩きまくって手に負えなくなった。

以前からむくはパニックに陥ると、全く自分自身をコントロールできなくなってしまうのだった。

この時かもめは仕方がないと思い、「一回だけ」ということで、二人分の代金を立て替えてむくに渡し、購入することを許可した。

しかし次回もまた、同じことを許すわけにはいかないので、むくが落ち着いている時に厳重に注意した。

むくは勝手に何かの申し込みをしたり、出かける約束をしてしまうことはそれまでにも度々あった。

その度にかもめは、再三注意を重ねてきたがむくは直そうとせず、幾度となく同じようなことを繰り返していた。

このコンサートの件もそれらと一緒だった。かもめは、いつかはむくが理解してくれるだろうと信じ、根気よく言い続けるよりなかった。

(それにしても、どうして自分だけがこんなに苦労をしなければならないんだ! いっそのこと家族を捨て、一人で逃げてしまおうか。或は何処かリゾート地のホテルへでも行って、住み込みで働こうか、そのほうがきっと、今より断然ましに違いない)

コンサートの申し込みの件だけでも、度々騒動を起こしたむくだったが、ひとたびコンサートの抽選に外れると、更なる騒動を引き起こした。

「コンサートに行けなくなったから大変だ。もう死ぬしかない!」

頭の中がそのこと一色になって再び一大パニック状態に陥り、またしても暴れた。

その暴れ方は尋常じゃなく、椅子やそこらへんにある物を投げ付け、壁に自分の頭を打ち付けたりもした。

どうしても諦めきれないむくは、今度は別の方法を考え付いた。

「すごく高いけど、オークションでチケットを購入したい」

「何言ってるの!? 中学生がオークションでチケットを購入するなんて、駄目に決まってるでしょ! 絶対に禁止だよ! もし勝手に購入したら、家から出て行ってもらうからね!」

とうとうかもめはぶち切れ、大声で叫んだ。

しかしむくは、それさえも無視し、オークションでチケットを購入しようとした。

その晩は、オークションサイトとにらめっこして一夜を明かしたようだった。

翌朝かもめが起きてむくを見ると、ぐったりとして、死んだように眠っていた。

むくが起きてからオークションのことを聞くと、「購入はしなかった」といった。

翌日になり多少は落ち着いたのか、自分でもあまりにチケットが高いと感じたのか、或はかもめが「絶対に購入は禁止」と念押ししたからなのか、一応は購入するのを諦めたようだった。

しかしそれから暫くの間は思い出したように、「チケットをオークションで購入したい」そう言ってはかもめを困らせた。

(この人の頭の中は、いったいどうなっているの? 何か欲しいとかやりたいとなると、我慢するということが全くできない。それにこの年になっても、現実の認識や常識が理解できないなんて、かなり可笑しいよ。もうとても自分の手には負えない)

かもめはつくづくそう思い、むくのことが本当に心配なのと同時に、先行きが不安で仕方なくなった。

三、芸能人の追っかけ

コンサートへ行くのはお金が掛かり過ぎて難しいと思ったのか、次にむくは、芸能人の追っかけをやり始めた。

鬱病になってからは、外に出かけたり人前に出るのを極端に嫌がるようになっていた。

しかし何故かコンサートや芸能人の追っかけへ行くのは別なようで、いつもハイテンションな様子で積極的に出かけていった。

むくは小学生の頃からずっと芸能界には関心を持っていたが、そういうことは全くしそうにない性格だったので、どうしてやり始めたのか、かもめは本当に不思議だった。

(休学してから暇になり、携帯で情報収集する時間がたっぷりあることが、原因の一つかもしれない)

かもめはそう考えた。

追っかけに出かけるのは早朝のこともあったが、大抵は夕方だった。

一旦出かけてしまうとむくは深夜まで帰宅しなかったので、そのことではまた揉め事になった。

「ちょっとコンビニでお菓子を買ってくる」

「駅の近くの本屋さんへ行ってくる」

むくは初めのうち、そういうことを言ってかもめを騙して出掛けようとした。

そんな時間からでは、正直に言えば出かけさせてもらえないと思ったのだろう。

そういうことに関しては、むくは妙に悪知恵が働いた。

ただそんな時のむくは、妙にそわそわそわそして落ち着きが無かったり態度が怪しいので、

(これはきっと嘘に違いない!)

かもめにはすぐにピンときた。

だが問い詰めても本当のことを言うわけはなく、かもめのことは完全に無視し、振り切って出かけてしまった。

ある日の夕食時、「ちょっと本屋さんへ」またむくがいった。

かもめは直感的に、むくが嘘をいっていると思った。

そしてこの時は何も聞かず、こっそりむくのあとを付けていった。

すると案の状、コンビニや本屋さんの前はサッと素通りし、駅前へ向かって行った。そして、改札へ吸い込まれようとしていた。

(いったい何処へ行くつもり? とにかく捕まえなくちゃ)

かもめは全速力でむくに駆け寄り、改札へ入る直前、間一髪のところで捕獲した。

「ちょっと！　本屋さんは過ぎてるのに、いったい何処へ行くつもり？」

かもめはむくを問い詰めた。

「隣の駅の本屋さんのほうが大きいから、そこで本を買おうと思ったんだ。買ったらすぐに戻るから」

むくはあくまでも誤魔化そうとした。

（大した、たぬきだ！　平然とそんな嘘をついて）

かもめは呆れると同時に、そんなむくに怒りが込み上げてきて、大声で怒鳴った。

「もう遅いんだから、今から行くのはやめなさい！」

しかしむくは地団駄を踏んで怒りまくり、大声で怒鳴りちらした挙句、かもめを振り切って行ってしまった。

（本当に手に負えない。こんな勝手な奴、もうどうなっても知らない！）

かもめの怒りは頂点に達した。

「何かあった時に困るから、せめて行先だけは言っていきなさい」

いくら言っても、夕方から出かけるのを諦めるむくではなかったがやはり心配なので、かもめは毎回そういった。

諦めずにそう言い続けると、かもめの気持ちが少しだけ通じたようで、やっと大まかな行先だけはいってから出かけるようになった。

世話のやけるむくだが、多少でも進歩が見られたのは良かった。

追っかけについての問題は、行先や時間のことだけには留まらなかった。

むくは週三回ぐらいのペースで追っかけに行っていたので、交通費や飲食代が嵩むようになり、それらをかもめに要求するようになったのである。

むくは毎月のお小遣いで払ってはいたが、それではとうてい足りるわけがなかった。

また、追っかけ仲間と連絡を取るのに、携帯と固定電話の両方を頻繁に利用していたので、その通話料も問題になった。

通話料が嵩み、携帯の通話料だけでもひと月一万円以上、固定電話の通話料と合算すると、ひと月で三万円以上にも跳ね上がった。

「いい加減にしてよ、電話代が異常に高くなってる！　学費や賃貸料が掛かる上に、カウンセリング代も払っているんだよ。余分なお金なんかないっていつも言ってるのに、どういうつもり？　いったい電話代は誰が払うの？　来月も高かったら、貯金から払ってもらうからね！」

しかしその電話代は前月利用分だったので、翌月も似たような額の請求書が届けられた。

かもめがかなり厳しく注意したので、それ以後そこまで電話代が高くなることはなかったが、数か月の間は、若干高い状態が続いたのである。

それでもむくは、まだましなほうだったのかもしれない。

むくの追っかけ仲間の友人の一人など、更に高額な電話代を支払わなければならなくなった（といっても支払ったのは、その友人のご両親だが）。

その友人は神奈川県の奥のほうに住んでいて、都内の追っかけ場所まで二時間以上も掛けて来ていた。

そのため電車賃だけでも往復で三千円ぐらい掛かり、それをご両親が負担していた。

そして追っかけに来る時にはお父さんの携帯を借りてきていたのだが、通話料のことなど全く気にせずむくやその他の友人達に電話しまくったので、大変なことになった。

なんと携帯の通話料が、一ヶ月で十万円近くにもなった。ご両親がその事に気づくのが遅すぎたので、翌月分も同様の金額になってしまったのである。

その友人はご両親にこっぴどく叱られ、お父さんの携帯は解約されてしまった。

しかしそれでも懲りず、その友人は親の日を盗んでは固定電話や公衆電話からむくや友人達に連絡してきた。

もしその友人が、携帯から固定電話に掛けてきていると分かれば「電話代が高くなる」と注意してあげることがかもめにはできたかもしれないが、そこまで把握することは難しかった。

実際にそういった例もあったので、むくの場合はそれだけで済んで不幸中の幸いだった。

追っかけのやり方だが、目当ての芸能人が出演するテレビ局の近くで、芸能人達が仕事を終わって出てくるのを、仲間と一緒に何時間でも気長に待つ。

もし途中でお腹が空いたり疲れたりした場合は、交代でマックやサイゼリアに入って空腹を満たし、そして休んだ。

芸能人といっても、むく達が追っかけているのはジャニーズジュニア予備軍で有名人ではないので、彼らは帰宅時には電車を利用していた。だから追っかけには都合が良かった。

追っかけにもルールがあり、彼らが現れた場合でも、無断で写真撮影をしたり、後を付けたりすることは禁止されている。

しかしむくたちはそのルールを全く無視し、シャッター音が出ないように改造した携帯で彼らの写真を撮りまくり、走ってあとを追いかけ回した。そして、挙句の果ては一緒の電車にまで乗り込んだりしていたのだ。

そんなことをされては、追っかけの対象になっている芸能人にとっては甚だ迷惑だろう、とかもめは思った。

むくの話では、追っかけをしているのは中高生から二十歳ぐらいにかけての年齢が最も多く、どちらかというと自己中心的で、自己顕示欲の強い人達が多いということだった。

「私でもびっくりするぐらいマナーが悪くて、常識外れな人達が多いんだよ。それにケバくて怖い人ばっかり」

「だったら追っかけなんか止めればいいじゃない。相手のほうはきっと迷惑してるんだから」

「でも追っかけはスリルがあって面白いから、止められないよ！　生きてるって感じがするし」

「じゃあ、芸能人のことが好きなわけではないんじゃない！？」

（もしかしたらむくにとって追かっけは非現実的な、ゲームのような感覚のものかもしれない。その程度のものなら、すぐに飽きて止めるかもしれない）

かもめはそう思った。

しかし予想に反してむくの追っかけは長期に亘って続き、その間にはまるでテレビドラマの中のような様々な出来事が起こった。

かもめの心配は絶えず、むくとの関係は戦々恐々としていた。

からすはそんなむくの様子を毎日見ていながら、むくのことを心配したり、その行動を注意することはなく、「われ関せず」を決め込んでいた。

だからかもめは、常に一人きりで対処するしかなく、日々ストレスとの戦いだった。

追っかけに限らず、むくは小さい頃から人の気持ちを察したり、相手の立場に立って物事を考えるのがとても苦手で、いつも自分本位の考えや行動しか取れなかった。

また常識を把握する認知能力に問題があるのか、同年代の子供が自然に身に着けられる常識が、殆ど身に着かなかった。

勿論かもめは、そういったことをむくに再三教えたが、何故そうしなければいけないのかが理解できず、とても困った。

そういった非常識さが原因で、年齢が上がるにつれ、むくは学校など集団の中で度々トラブルを起こすようになり、段々と浮いた存在になっていった。

（むくが中一の時に起こした常識外れな「携帯電話事件」、恐らくあれも、そういった性質が原因になっているのだろう）

かもめは思った。そして新たな疑いを抱き、頭の中には波紋が広がっていった。

（ただ単にわがままや反抗的なのではなく、脳の中に何か異常があって、それが原因で正常な判断や行動ができないのでは？）

四、私立中学から転校

二学期中ずっと休学していたむくだったが、冬休みに入った頃には、三学期から復学するのかそれとも引き続き休学するのか、考えなければいけなくなった。

またもしむくが、三年生になる時に公立への転校を希望するなら、その準備が必要なので、それについても検討する必要があった。

むくは約半年、学校から完全に離れていたので、鬱病の初期の頃に比べるとイライラすることは少なくなり、精神的に少し落ち着いたようにかもめには見えた。だから多少、鬱病が回復の方向へ向かっているような気がした。

しかし表情はまだかなり暗く、人前に出るのはとても嫌がっていた。

鬱病治療の初期、むくは弱い精神安定剤を処方され、服用していた。しかし、

「多少時間が掛かっても、子供だからできるだけ薬に頼らないで、治したほうがいいね」

精神科医のそういった意見もあり、四ヶ月ぐらいたった頃から薬を服用しなくなっていた。

そんなわけで、むくの鬱病の完治までには今少し時間が必要で、その状態をよく勘案して学校の件は決めなければいけないと、かもめは考えていた。

カウンセラーから休学を薦められた鬱病の初期、かもめは長期で学校を休んだら、むくの将来はいったいどうなるのだろう？　そのことがとても気になっていた。しかし実際に休学してしまうと、諦めがついたというか開き直ったというか、そのことはあまり気にならなくなった。それどころか、

（人生は長いのだから、この半年や一年休んだとしてもどうってことはない。本人にやる気さえあれば、勉強の遅れはすぐに取り戻せる。それよりも今は、まずむくの病気を完治させることのほうが大事だ！）

そう考えるようになっていたので、更に何ヵ月か休学することになったとしても、それほど抵抗はなかったのである。

物事は悪い方へ考えればきりがないし、それでは前進が難しくなってしまう。しかし何事にもポジティブに考えていけば、暫く悪い状態が続いていたとしても、いつか必ずそこから抜け出せ、良い方向へ向かうことができるだろう、かもめはそう信じていた。いや、信じようとしていたのだ。

そしてかもめは、これから先にまたどんな試練が待ち受けているかは分からないが、とにかく元気になったむくの姿をイメージし、未来に向かって頑張ろうと決意したのだった。

「三学期から学校はどうしようか？　それから三年生になる時のこともあるから、近々、カウンセラーの先生に相談してみようよ」

かもめはむくに薦めた。

むくにとって大事な時期なので、予約を取り、珍しく家族三人でカウンセリングへ出かけた。カウンセリングでは、いつものように初めにむくとカウンセラーとで対話し、そのあと四人で中学の復学や転校問題、併せて住宅のことについても話し合った。

「今の中学は嫌いだけど、三年生からだとあと一年しかないから、公立に転校するのは絶対に嫌です。一年の二学期からなら転校したかったけど、今から転校したって絶対に馴染めないし、友達もできっこない。それに不登校だった奴ってバカにされるに決まっているから、元の家に戻って公立に通うぐらいなら、死んだほうがましです！」

むくはカウンセラーに訴えた。

「それではあなたは、今住んでいるマンションのある地域の公立なら、転校してもいいと思っているの？」

「その中学のほうがましだけど、友達が全くいないところに転校しても、やっぱり教室へ通えるかはわかりません」

「お嬢さんは転校については、今はまだ決心が付かないようですね。現在通っている中学からご自宅のある地域の公立への転校は嫌だとおっしゃっていますから、住宅のことも含めてもう少しよく考えて、結論を出さなければいけませんね」

むくにとっては、現在の状況はベストとは言い難かったかもしれないが、新たな環境に踏み出す勇気や自信も無いようだった。

できれば転校は避けたいと考えているのだろう。

「しかし、来年の学費を払う時期が迫っていて、時間が無いんです」

突如からすが、切羽詰まった声でいった。

「そうなんですか。でもこれから三学期を迎えるところですが、学費はすぐに支払わなければいけないのですか？」

「今日決めなくても大丈夫ですが、支払いには期限があるのです」

「わかりました。三学期が始まるまでにはまだ少し時間があるようですから、まずはお嬢さんの気持ちを一番に考え、理解してあげることが大事ではないでしょうか？　学費のお支払いについては、近日中に決めても良いのではないかと思いますが、お父様はそれで宜しいでしょうか？」

「今日じゃなくても大丈夫ですけど、期限が迫っているんですよ」

からすは同じことをしつこく繰り返していった。

「来週もカウンセリングに来ていただこうと考えているのですが、来週なら三学期が始まる前ですから、それまでにご家族でよく話し合われ、それから結論を出されては如何でしょう?」

「それでも大丈夫です。ところで私立中学に通っていて不登校になった場合、他の人達は、中学はどうしているんですか?」

今度はからすは、もっともだと思える質問をした。

「それはご家庭によって違います。同じ中学で卒業される方も、公立に転校される方もいらっしゃいます。ご本人とご両親の意見が違う場合もありますから、そういう時はご家族でよく話し合われて決められています」

「もし今後も休学していても、今の中学で卒業できるのですか?」

それについてはかもめも気になるところだった。

「私立でも中学は義務教育ですから、卒業はできると思います。でも、もしご心配でしたら、一度学校に確かめてみてください」

いつものことだが、からすは話の意図するところや真意を読み取ったり、人の気持ちを察するのが苦手なので、むくのためにカウンセリングに来たにも関わらず、一緒に悩んだり将来について考えたりするという意識は皆無のようだった。

ただ自分が気になったり、疑問に感じたりしたことを質問するだけなので、またしてもかもめは失望し、からすと一緒にカウンセリングへ来たことをひどく後悔し、嫌な気分に陥った。

確かに学費や住宅ローン、賃貸料、その上にカウンセリング代も支払っていて決して家計的には楽ではなかった。

かもめとしても、こんな変な賃貸生活とはすぐにおさらばし、本宅へ戻って生活したいと考えていた。ましてむくは学校を休学していて、殆ど登校していなかったので、尚更だった。

しかし、むくの気持ちを第一に考えるからこそかもめは悩み、一緒にカウンセリングへも通っているのだが、からすにはむくやかもめの気持ちを慮り、自分も一緒に考えるという意識は無いようだった。というより、考えようとしてもできないのかもしれなかった。

それでも中学の復学に関しては、三人で何度か話し合った（といっても殆どは、むくとかもめの二人でだったが……）。

「まだ保健室しか無理だと思うけど、三学期から学校へ登校してみるよ」

むくがそう決断し、三学期から復学することになった。しかし、三年生からの転校問題に関しては、依然として結論が出なかった。

そして次のカウンセリングの時も、復学について結論付けただけに留まった。

五、第二保健室は隔離部屋

むくは三学期になって、週二回のペースで再び保健室へ登校し始めた。

「ずっと休んでいたのに、いきなり教室へ行くのは無理だよ」

むくがそう言い、先生方もその気持ちを尊重してくれたので、まずはむくのペースでの登校になったのである。

しかしそれから二週間ぐらい経ってもむくは一向に教室へ行こうとはせず、相変わらず保健室登校を続けた。

「自分の好きな教科の時に週一時間でもいいから、教室で授業を受けてみたらどう?」

むくが多少学校に慣れた頃、担任や学年主任に薦められた。だがそれでも、

「まだ、教室へ行く勇気はありません」

そう言って、教室へ行こうとはしなかった。

担任はむくの席を教室の入り口近くにしてくれたり、一年の時から同じクラスの生徒をむくの近くの席にするなど、何かと配慮をしてくれていた。しかしむくにとって教室へ行くことは、なかなか難しいことのようだった。

この頃もむくの鬱病は完治していなかったので、かもめは教室へ行くことを無理強いせず、むくに任せていた。

しかし近いうち、必ず教室へ復帰してくれるだろうとは信じていた。

むくは鬱病と診断された頃から第二保健室へ登校しているのだが、そこは普通の保健室とは別に存在する、隠された保健室だった。

不登校や長期的な病気を患っているなど特別な事情があり、教室への登校が難しい生徒のため

に用意された部屋で、医師の診断書を提出し、学校の許可を受ければ利用可能だった。

そこへの出入り口は通常の保健室の一番奥にあり、そこから更に奥に入ったところにある六畳ぐらいの小部屋、それが第二保健室だった。

普通の生徒は出入り禁止で、その存在は内外的に秘密にされていた。

「どうして外から見えないようにしているの？」

三学期になり、初めて第二保健室へ足を踏み入れたかもめは、校庭に面したその部屋の窓がマジックミラーになっていると知って少し驚き、むくに聞いた。

「外から覗かれるのを嫌がる人もいるし、他の生徒に見られて、もし別の教室があることを知られたら不味いからだよ」

（まさに秘密の部屋って感じ！）

かもめはそれを聞いて、学校の姿勢に疑問を感じると同時に、その本質を垣間見た気がした。

中学とはいえ私立なので、不登校の生徒がいることが公になれば、学校のイメージダウンにも繋がりかねない。表向きに不登校ゼロということにしておくためには、そういった保健室が必要なのだろう。

まあそれもしかたのないことかもしれなかった。

それでもこういった保健室があるということは、むくのように教室へ登校できない生徒にとっては有難いことだった。

何とか学校と繋がっていられ、引きこもりにならずに済むのだから。

恐らく同じような状況は、他の私立中学でもあるのだろうとかもめは思った。

三学期が始まって一ヶ月ぐらい経った頃、第二保健室には新たな生徒が数人、登校し始めた。

「最近、保健室登校の人がどんどん増えてるよ」

その中の一人は一年生の時のクラスメートで、むくが変なメールを送りつけてしまった「携帯電話事件」の相手だった。その他はむくと同じクラスの生徒や高校生だった。

保健室登校になった理由は様々だが、むくが仕入れた情報では、友人関係のトラブルやそれが原因で精神的な病気に掛かったり、或は集団に馴染めないなどの理由が多かったようだ。

「私が携帯でメールを送ってしまっていた彼女は、私の事を許してくれただけじゃなく、保健室で顔を合わせると、いつも自分から挨拶してくれるんだよ。あんないい人に、本当に酷いことをしちゃったよ。わざとやったわけじゃないけど、反省しているよ」

むくは相手の心の広さに感激し、改めて自分のしたことの重大さを認識した。

そうやって自分自身の体験を通して、物事の善悪を少しでも学べたことは、むくにとって貴重な経験になった。

むくと同じクラスで保健室登校をしている友人は、たまたまむくと同じように追っかけをやっていて、趣味が似ていた。だから話が合って意気投合し、時々追っかけへも一緒に行くようになった。

運良く趣味の合う友人と出会えたので、かもめはそのうち、その友人と一緒に教室へも登校するのではないかと期待し始めた。

しかし一方では、むくの追っかけはエスカレートし、ハイテンションからクレージーな方向へと向かっていったので、学校生活自体が危うくなりそうな気配が押し寄せていた。

六、友達と同居して転校

十一月に入った頃、むくは芸能界を目指している人達のサイトで、同学年のある女の子と知り合った。

その彼女は名古屋在住で、芸能事務所のオーディションを受けたり、コンサートがある時には新幹線を利用して、度々一人で上京していた。

そしてある時、むくはその彼女と一緒にコンサートへ出かけ、とても親しくなった。

「名古屋の人は一ヶ月に何回か、新幹線で東京に来てるんだって」

「一ヶ月に何回も？　一人で？」

「そうだよ。家がお金持ちらしいから」

その彼女はお金持ちのお嬢様で、上京する費用は全てご両親が負担してくれているという。

お互いに同じ学年、趣味が似ていて話が合うことから、彼女が上京する度に、二人で会うようになった。

　時々コンサートへ一緒に出かけたり、話をするだけなら別に問題はなかったのだが、暫くするとまたむくの悪い病気が顔を出し、可笑しなことを言い始めた。

「中三からは、都内の公立へ転校するよ。あの名古屋の人は、三年生になる時にお母さんと二人で上京して、都内にマンションを借りることに決めたみたいなんだけど、もしかしたらこのマンションのすぐ近くに借りるかもしれないって。そうなったら、同じ公立中学へ通えるんだよ。それなら絶対に転校する！」

　むくが突然そんなことを言い始めたので、かもめはびっくり仰天した。

「それマジでいってるの？　名古屋の彼女は本当にそんなことをいったの？　その子がそうしたいと思っているだけで、ご両親は許可してないんじゃない？　賃貸するには沢山お金が掛かるんだから、そんなに簡単に許可しないと思うけどね」

「大丈夫だよ、彼女の家はすごいお金持ちだし優しいらしいから、いつもあの人の好きなようにさせてくれるって言ってたもん」

「じゃあ、借りるとしてもこの近くじゃなかったら、その時はどうするの？」

「その時は、あの人の家で借りたマンションに一緒に住ませてもらって、転校して同じ中学へ行くよ。でも、家賃は半分払わないと駄目だから、それは払ってよ」

「マジでいってるの？　親子で上京して家族だけで住むってことはあるかもしれないけど、全く知らない子と一緒に住んでくれるわけがないでしょ、そう思わないの？　そんなこと、勝手に決めたって駄目だよ」

（また可笑しなことをいって！　この人の頭の中は、いったいどうなっているのだろう？）

かもめはまたしても、むくが問題を持ち込んだことにぞっとした。

親であるかもめでさえ手をやいているのに、ましてや、むくが他人の手に負える筈がない。

万が一それが現実になり、彼女の家族と一緒に暮らすことになったとしても、恐らく一日一緒にいただけで相手が辟易し、すぐに追い出されるに違いない。かもめはそう考えた。

それにしてもむくぐらいの年齢になれば、そういったことが常識的に考えてどうなのか、実現可能か不可能か、自分自身で判断が付けられるのが普通だと思う。しかしむくはそう言った能力が、著しく欠如しているようだった。いつも自分の物差しで自分中心にしか物事を考えられず、何かと問題を起こしていたのである。

かもめは何とかむくを諦めさせようと、釘を刺した。

「いくらいっても無理なことは無理、絶対に駄目だからね」

しかしそれでもむくはなかなか諦めようとせず、一ヶ月近く同じことを言い続けた。

このままでは一向にらちがあかないと思ったかもめは、不本意ながらある手段を取ることを思いついた。

それはこっそりむくの携帯を開いて、名古屋の彼女のメールアドレスを控え、むくに内緒で彼女の携帯にメールを送るということだった。そしてある日、むくがお風呂に入っている間に実行に移した。

名古屋の彼女にメールでまず非礼を詫びたあと簡単に事情を説明し、同居の件は彼女のほうから断ってくれるよう、お願いしたのである。すると彼女からはすぐに返信メールが届いた。

「こちらこそ、ご迷惑をかけてすみません」

彼女はかもめの言ったことをすぐに理解してくれ、彼女のほうからむくに、「同居はできない」との断りのメールを送ってくれた。

(むくの友達に、何故こんな変なお願いをしなければならないの?)

かもめは自分自身がとても嫌な人間に思え、自己嫌悪に陥った。

「なんでそんな余計なことをしたんだ!」

あとからかもめのしたことがむくにばれてしまい、それを知ったむくは激怒した。ポカポカと自分の頭を何度も殴りつけ、手当たり次第近くにある物をほうり投げるという、自傷的かつ破壊的行動に及んだ。

そうなる予測はかもめにはついていた。しかしそれでも、無理な事は無理だとむくに言い、納得してもらうしかなかった。

恐らくむくは、三年生になる時、通っている中学では教室へ登校できるという自信が持てず、誰かと一緒に別の中学へでも転校すれば、教室へ通えるかもしれないと考えたのかもしれない。

或は、何としても本宅へ戻って地元の中学へ転校することだけは避けたいという強い気持ちからか、どちらにしろ、藁にも縋りたい気持ちでいるところに、名古屋の彼女と同居して転校する話が降って湧いたので、しがみつこうとしたのだろう。

（ここまで思い詰めているんじゃ、本宅へ戻って地元の中学へ転校させるのはやはり難しい）

かもめには、転校に関するむくの気持ちが痛いぐらいにわかった。そして様々な考えを巡らせた。

完治していない鬱病のこともあるので、我慢してそれまでと同じ狭いマンションで生活し続けるか、或は少し田舎へ下って多少でも広い賃貸へ借り替えるか、どちらにしてもまた本宅と賃貸との二重生活を続けることになりそうだと、改めて認識したのだった。

ただ、それまでの追っかけ活動のことを思い返すと、

（都心の真っ只中の、今みたいに刺激の強い場所での生活は、もしかしたらむくのような頭の構造の人には良くない気がする。これ以上ここに住んでいたら、むくの頭は破壊してしまうかもしれない。やはりこのマンションからは出て、多少でも田舎へ引越したほうがいい）

かもめはそんな思いを強くするのだった。

第七章　脱出

一、詐欺師になったむく

名古屋の彼女との問題が一件落着し、かもめは正直ほっとした。しかしそれも束の間、むくはまた新たな問題を持ち込んできた。

コンサートやファンクラブの会費など、追っかけに掛かる費用をそれまでむくは、できるだけ自分の貯金やおこづかいで賄ってきた。

しかし頻度が増すにつれて費用が嵩み、それでは賄いきれなくなった。そして毎回、かもめにお金を要求するようになった。

「交通費と食事代をちょうだい！」

「何言ってるの？　そんなにしょっちゅう出かける人に、渡せるお金なんかあるわけないでしょ」

追っかけの頻度があまりにも高く、家計的に楽ではなかったこともあるが、むくの場合はお金を出せば更に行動がエスカレートする恐れがあったので、極力、遊びのお金は渡さないようにする必要があった。しかしそれだとむくはひどく怒って暴れるのでかもめは困ってしまい、多少はお金を渡してしまうこともあった。

ある日かもめがいつものように自宅のポストを開けると、珍しくむく宛の手紙が入っていた。それを取り出してみると少し膨らんでいて、触ると中には五百円玉サイズのコイン状の物が入っている様子だった。

差出人の住所は新潟で、かもめはその名前に見覚えはなかった。

（むくには新潟に友達なんていないはず、いったい何の手紙だろう？）

かもめは不思議に思ったが、その時はそれ程気に留めなかった。

それからも時々、違う差出人からの手紙がむく宛に届いたが、中には毎回、コイン状の物が入っていた。そして何度目かの手紙の時にはそれまでになくずしりと重かった。触ってみると、コイン状の物がかなり沢山入っているのが分かった。それらは台紙か何かに貼り付けて、動かないように留められているようだった。

（もしかして、この中に入っているのはお金じゃない？）

その頃のむくは、郵便物の配達の時間になるといつもそわそわして落ち着かず、起きている時には、手紙がポストに入るのと殆ど同時に飛んでいって取り出していた。そんなこともあって、

（絶対に可笑しい。何か悪事をしているのかもしれない）

かもめは直感した。そしてむくに聞いた。

「最近、差出人の違う変な手紙がよくくるけど、いったい何の手紙？　いつもコインみたいなの

が入ってるみたいだけど、もしかしたらお金？」

「違うよ、芸能人のメダルだよ。いらないのを人から貰ったり、自分の物と交換してるんだよ」

「本当？　本当に悪いことはしてないって信じていいのね？」

かもめは半信半疑だったが、その時はむくの言葉を信じることにした。

それからも同じように、むく宛に手紙が届けられていたが、ある日たまたま、かもめが受け取った手紙はこれまでにない重さで、コイン状の物が十個以上入っていそうだった。

（メダルにしては沢山入り過ぎてる。きっとこれはお金だ！　こうなったら開けてみるしかない）

そう確信したかもめは、恐る恐るその手紙を開封した。すると案の状、中には硬貨が入っていた。百円玉が縦に五個ずつで三列、千五百円分がテープで紙に貼り付けられてあった。

（やっぱり！）

かもめの想像したとおりだった。封筒の中には手紙も入っていたのでそれを読むと、そのお金はむくが芸能人の情報を手紙の相手に売った代金だということが分かった。またそれに対するお礼と、これからも情報をお願いしますというようなことが書いてあった。

（こんなことまでしてお金を得ようとするなんて、かなりいかれてる）

慌ててむくを問いただすと、かもめのしたことに怒りながらも、何度か地方在住の小中学生に芸能人の情報を売り、その見返りとしてお金を得ていたことを認めた。

「でも、嘘を教えていたわけじゃないよ」

「そうだとしても、中学生がこういう方法でお金を得るのは良くないよ。これからは止めなさいね」

かもめは強く注意したが、むくには反省する様子は見られなかった。その後もこっそり続けていたので、かもめはむく宛の手紙が届く度に、開封して確かめるしかなかった。

（なんでこんなことまでしなければならないの？）

かもめはまたしても自分自身に嫌気が差し、自己嫌悪に陥った。

ある日かもめは、手にした手紙を開封してみると、中には千円札が三枚入っていた。

「どうしてこんなに沢山お金が入ってるの、また何か売ったの？　本当に悪いことはしていないんだよね？」

かもめが厳しく追及すると、むくはいった。

「芸能人の情報はネタ切れした。だから今度は、手紙の相手の好きな芸能人の知り合いだって嘘ついて、今度会わせるとかサインを貰ってあげるっていってお金を受け取ったんだよ」

「本当にサインなんか貰えるの？」

「そんなの貰えるわけないよ。知り合いなんて嘘なんだから」

「でもお金を受け取ったんでしょ、もしお金だけ取って実行しないと、それは詐欺と同じことだよ。いつから詐欺師にまでなったの！？　それに郵便配達の人だって、いつもお金の入った封筒を同じ家に配達していたら絶対に可笑しいと思うし、詐欺か何かしてるって疑って、警察に通報するかもしれないよ。そうなっても知らないから！　きっと相手から訴えられて逮捕されるよ。覚悟しておきなさい！」

かもめが「逮捕される」といったことで、流石のむくも目が覚めたようで、少しは反応を示した。そこで初めて、自分が悪いことをしていたと認識できたのだった。それからは詐欺まがいの行為はしなくなった。

「そういうことをしている時に、自分ではこれは悪いことかもしれないとか、考えたりしないの？」

「自分じゃ考えられないんだよ」

「どうして考えられないの？　もしそれが本当なら怖いことだよ。人間としてどこか欠落していてかなり危ないよ。だとすれば、この先、何をするかわからないね」

（本当にちゃんとした判断力が無いとしたら、今後が更に心配だ！　中一の時にむくが起こした携帯電話事件では、物事の善悪の判断ができないためクラスメートに変なメールを送り続けてしまい、危うく警察沙汰になるところだったし、この詐欺まがい事件も似たようなものだ。むくの認知能力が低いことが原因だとすれば、これからもまた、へんな事件を起こす可能性がある。やはり脳のどこかに異常があるのだろうか……？）

二、からす一家のお引越し

かもめはどこへ出かけるにも便利で、交通費もあまり掛からない都心に住んでいることはむくにとって都合が良すぎ、そのため追っかけをしたり、出かけてばかりいるのではないかと考えていた。

またむくの頭の中は構造上、都会の喧騒や華やかなネオンの光など、様々な刺激による影響を受けやすい状態なのではないかとも感じていて、このまま同じ場所に住み続けるのはむくにとって危険だと思った。

（もし嫌がったとしても、自宅へ戻るか、それが無理なら今より少しでも田舎の方へ引越しした方がいい）

かもめは強迫観念に駆られ、むくにいった。

「このままここに住んでいるのは、絶対に良くない。もっと可笑しなことをしちゃったら大変だから、元の家に戻って生活しようよ」

しかしむくは、

「駄目だよ。あそこに帰ったら恥ずかしくて外も歩けないし、今の学校へは遠すぎて、きっと通えなくなる。それぐらいなら死んだほうがまし！」

激しく抵抗した。

「このままだと、家族全員が可笑しくなっちゃう。それでもいいの?」

「とにかく駄目、絶対にダメだよ! こっちだって困っているんだから」

むくは大声で叫び、拒否した。

かもめは本当に困ってしまい、誰かに相談したり、救いの手を差しのべてもらいたかった。本来ならかもめの夫で、むくの父親であるからすに真っ先に相談するところなのだが、肝心のからすはいつも自分自身の事しか考えられず、家族や家族の問題についてはどこ吹く風という感じだった。

家族のことに関心が薄いというよりは、人の話や気持ちを理解するのが極端に苦手なのか、或はしたくてもそういう能力を持ち合わせていないのか、どちらにしろ、家庭内の問題事の相談を持ち掛けることは殆ど不可能で、いつも逃げ腰だった。だからかもめは常に一人で抱え、解決するしかなかった。

「父親なのに、子供や家庭の問題を相談できないような人と生活していても仕方がない。家族と思えないような人とは、一緒に生活する意味が無いよ!」

かもめは時々耐えられなくなって爆発し、からすを責めたてた。しかしそうするとからすは、反省するどころかたいていブチ切れて激怒した。

「言ってる意味が全然わからない! わけのわからないことを言われて怒鳴られて、酷い目にあわせられるなんてやってられない。それに学校のことは本人が決めることで、首に縄を付けて周りがどうこうさせるもんじゃない」

何を言っても取り合わず、われ関せずの的外れの回答しか返さないので、話にならなかった。からすのその切れやすい気質が災いして、むくの鬱病が重かった頃、むくはからすから酷い目にあわされそうになったことがあった。

かもめはその時のことを、今も鮮明に記憶している。

鬱病で調子の悪かったむくは、何やら一人で叫び、狂ったように暴れていた。かもめはその時、何とか落ち着かせようとしていた。

普通は父親ならそんな時、一緒になってかもめに協力し、むくを落ち着かせようとするものだと思うのだが、からすは違った。

むくの叫び声に反応したようで、突然切れてあらん限りの大声で怒鳴り始め、拳骨を振りかざして物凄い勢いで、むくに殴り掛かっていった。その時のからすは全く我を失い、恐ろしく狂気的な様子だった。

（やばい、この人危険だ！）

「ちょっと、やめなよー！　殺す気！？」

かもめはマジでむくの身の危険を感じ、大声で叫んでからすを取り押さえようとした。

その時間一髪のところで、むくは上手い具合にからすの攻撃から身を交したので、勢い余ったからすはその場で転倒した。しかし再び立ち上がり、またむくを殴ろうとしたので、本当に危険を感じたむくはイスを振り回して対抗し、かもめもあらん限りの大声で叫んで止めた。そこでからすはハッと我に返り、その場は何とか収まった。

それから何分か経つと、からすは何事も無かったようにケロッとしていた。

「さっき自分が何をしたのかわかってる？　本気でむくの頭に拳骨を振りかざして、殴り掛かっていったんだよ」

からすが落ち着いてから、かもめは問い詰めた。

「自分が何をやってるか、頭が真っ白になってわからなくなっちゃうんだよ」

からすはちょっと信じ難いようなことをいった。

「何をやってるのか自分自身がわからないなんて、信じられない！　それじゃ危険過ぎるじゃない。もし止めなかったらむくが大怪我するか、運が悪かったら死んでたかもしれないんだよ。そうなったら殺人事件だよ。相談するどころかこんな危険な人とは、怖くて一緒に暮らせないよ。それに脳梗塞になってからはしょっちゅうブチ切れるし、切れ方も異常で人格が変わったみたいだよ」

以前からかもめは、からすのことをかなり偏屈な人間だと感じていたが、この事件をきっかけに、人格的にどこか可笑しい危険な人間なのではないかと思うようになった。そしてからすに嫌悪感すら覚え、殆ど口もきかなくなった。

そんなわけで相談をしたり、助けたりしてくれる相手がいなかったので、むくや引越しの件について、むくの通っているカウンセラーに相談するよりなかった。

「お嬢さんは転居について、どう考えていらっしゃるのでしょう？　鬱病がまだ完全には治っていないので、引越しをされることはあまりお勧めできません。できれば今の場所にいたほうが良いと思いますよ」

カウンセラーは他の家族のことや諸事情はさて置き、まずは患者（クライアント）であるむくのことを最優先に考えるのが仕事なので、そうアドバイスをした。

それはもっともだとかもめは思った。しかしだからといって簡単に決められる問題ではなく、その日には結論に至らなかった。

どちらにしろ、住宅に関する最終的な決断は、自分でくださなければならないとかもめは考えていた。

実はからすが脳梗塞発症後、会社へ復帰したばかりの頃、かもめはいっそのこと自宅を売却して賃貸生活を止め、都心の一戸建てに住み替えようなどと、夢のようなことを考えた時期があった。

そうすればむくとからす、二人の通勤通学に便利な上、月々の賃貸料を払う必要も無くなる。また経済的にもかなり楽になるので、一石二鳥だと思ったのだ。とはいえ、都心だと住宅物件の価格が高いので、住宅ローンはそれまでより増えそうだったが、賃貸とローンの二重払いをしていることを考えれば、それよりは負担が少なくて済む。それで物件探しを開始したのである。

「こんな便利な場所に住めたら、最高だよ！」

幾つかの物件を家族で見学すると、むくはすっかりその気になり、購入前から大興奮していた。

住宅ローンのことはさて置き、からすも乗り気の様子だった。だが現実に住宅購入のためのローンについて真面目に考えた時、かもめはある重大なことに気が付いた。

それはローンの際に加入する「団体信用生命保険」（一般的には略して団信）についてだった。

「住宅を新規に購入する時に加入する『団信』、あれは生命保険でしょ。脳梗塞になって半年ぐらいしか経っていない人が加入できるの？　もしかしたら加入できない可能性もあるんじゃない？入れないと住宅が購入できないんだから、まずはそれを確認したほうがいいよ」

かもめはからすにいった。

「あれは住宅専用の保険だから、大丈夫なんじゃない？」

からすはよく考えもせず適当なことをいった。

いつも物事の認識が甘く、様々な可能性を考えたり先のことを想像したりするのが苦手なため、物事を何でも自分の思い込みで決めつけて言う傾向があった。

「そんなふうに適当に言わないで、ちゃんと確かめておかないと駄目だよ。もし家を売却して、いざ購入しようという時になって『団信』に加入できないから買えないなんてことになったらそれこそ大変、『家なき子』になっちゃうよ」

「わかったよ。確認してみるよ」

それでもまだからすは悠長だった。

住宅購入の際に「団信」に加入していれば、住宅ローンの払い込み期間中に契約者に万が一のことがあった場合、住宅ローンの残債が全額、その保険から支払われる。そういったとても有難いものである。

「団信」の加入についてかもめは自分で調べたり、不動産会社を通して何件かの銀行に確認してもらったりもした（「団信」は銀行により、審査の基準に多少の差異がある）。

「どこの銀行さんも、『団信』は病気が完治してから三年以上経過しないと加入できないそうです。ですから、今現在での加入は難しいようです」

結局、そんな回答が不動産会社から出され、どこの保険会社だとしてもすぐには「団信」に加入できないという残念な結果に終わった。そして住宅購入の夢は儚く消えていった。

「ほらね、やっぱりちゃんと聞いておいて良かったでしょ。それにしてもすごいがっかりした。むくだってその気になっていたのに、これから三年以上も身動きできないなんて最悪、酷過ぎるよ！初めにそのことに気が付いていれば、こんな無駄な物件探しや期待をしなくて済んだのにね。あなたは疫病神なんじゃない？」

かもめは住み替えの夢があえなく消えていったので、がっかりすると同時にからすといると全てが悪い方向へ向かっていく気がして、からすに対する嫌悪感が更に増した。

そんなわけでからす一家は暫くの間、賃貸生活からは逃れられない状況に陥ったのである。もしその時都心に住み替えできていたとしたら、その後のからす一家の運命は違ったものになっていたかもしれない。一寸先は闇、運命とは本当に分からないものである。

「このままここにいるのは良くないからここから出て、もう少し郊外のほうで賃貸し直すことに決めたよ。それでも自宅に戻るよりはましでしょ？」

かもめはむくにいった。

「ここから引越すなら、どこへ行っても同じだよ」

むくは予想どおり嫌がった。しかしそうしないと、今後にもっと大変なことが起こりそうだとかもめは考えていたので、実行に移すため、からすと一緒に物件を探し始めた。

次の引越し先は同じ沿線内で、電車で十五分ぐらい下った辺りに探そうと考えていた。しかしその沿線は地価が高いので、それまでよりも広いスペースの物件となると、そこまで行ったとしても賃料は結構高かった。

仕方なく別の沿線に変えて探すと、それまでの沿線に比べ、全般的に物件の賃料が若干下がった。そして今度はうまい具合に、一日探しただけで、ある程度希望に近い物件を見つけることができたのである。

その物件は3DKで、駅からは徒歩十分ぐらい掛かりそれ程近くはなかったが、すぐ前には大型スーパー、TSUTAYA、マクドナルド、そしてファミレスもあり、利便性は抜群だった。

ただ、築二十五年ぐらい経過した建物だったので外観はかなり古く、中の設備が旧式なのは否めなかった。しかしダイニングとその両側の二部屋は、南向きで陽当たり良好なのは魅力的だった。また室内がリフォーム済みなのもポイントが高かった。

限られた予算内で、条件に見合う物件を見つけるのはなかなか難しいとかもめは思っていたので、その予算内で見つけられた物件としては上出来といえた。

からすとの相談の結果その物件に即決し、からすはすぐに不動産会社との賃貸契約を進めた。

それから数日後には審査が通ったので、家賃や仲介手数料など、賃貸契約に必要な諸経費を支払って契約が完了した。

（それにしても、なんでまた賃貸なんかしなければならないんだろう？　持ち家があるっていうのに。こんな馬鹿らしいことはやめてしまいたい！）

仕方がないことなのだとは分かっていながら、かもめには納得できなかった。

それまで賃貸していた物件よりは多少郊外にあるので賃料は若干安く済み、賃貸契約の諸費用もトータルでは低く抑えることができた。しかし、短期間に高額な賃貸費用を二回も支払うのは、いくらむくのためとはいえあまりにも馬鹿らしく、無駄な出費としか思えなかった。

「賃貸に払ったお金で、中古の激安マンションぐらいなら買えたかもしれないよ！　自宅に戻ってくれれば無駄な出費をしなくて済んだのに、いつも自分のことしか考えないいんだね」

かもめはつい、むくに愚痴を言ってしまった。

中古マンション購入は大げさにしろ、それらを購入するための頭金の足しにはなりそうな額なのは確かだった。

「しょうがないじゃん、こっちも困っているんだから」

むくは怒りながらいった。かもめにはその気持ちが分からなくはなかったが、どうにもやり切れないのだった。

「今度は少し郊外にあるマンションを契約した。それから、十二月中には引越すよ。今の学校へは遠くなるけど、それは我慢してよ」

「嫌だよ、そんな田舎は！　ここじゃないなら何処に住んでも同じ。もう終わりだよ！」

「もし嫌なら、自宅に帰るしかないからね」

むくは突然のことに怒りだしたが、かもめは取り合わなかった。

引越しの予定をむくの学校の期末試験が終わった翌週の土曜日に決め、業者に問い合わせると、幸い引越しのオフシーズンなので、その日に低料金で請け負ってくれる業者が見つかった。

そのマンションで暮らした期間は、約一年二ヶ月と短かったが、いざ引越すことになるとそれまでに起きた様々な出来事が、かもめの脳裏に蘇ってきた。

これから楽しい生活が始まるに違いない、そんな夢を描きながら、家族三人で自宅との二重生活を始めた。しかし引越し後すぐに、からすは脳梗塞を発症して重度の嚥下障害に陥った。

またむくは、私立中学に入学し、少し慣れたと思ったら「携帯電話事件」を起こし、それが元で不登校、鬱病から休学へと展開していった。そしてかもめの夢は、儚く消え去った。

その期間の殆どは、二人の闘病生活に費やした。苦しくて辛い記憶が、かもめの記憶の中の大半を占めているのである。

しかし一方では東京の文化に触れたり、その場所に住まなければできなかったであろう、沢山の貴重な経験ができたことも事実だった。

そこでの生活や経験は、良くも悪くもかもめの脳裏に刻み込まれ、なぜか懐かしい記憶として時々蘇ってくるのである。

短いながらも非常に密度の濃い、一年数ヶ月だった。

「ここでの生活は、多分一生忘れられないだろうね。この場所とさよならするのはとっても悲しいけど、いつかまた同じ場所へ戻ってきて住むような気がするよ」

かもめがむくにいうと、むくもいった。

「私は絶対、いつかここに住むよ」

（この先も苦しい日々は続くかもしれないけど、一生懸命立ち向かっていけば、いつか必ずそこから抜け出せ、明るく笑って暮らせる日が来る。それまで新たな引越し先で頑張ろう！）

かもめはそう心に誓っていた。

引越しの荷づくりは、荷物が少ないから簡単に済むとかもめは思っていた。しかし整理し始めると、初めに引越して来た頃より、随分荷物が増えていることを改めて認識した。途中で更に本宅から必要な物を運んだり、電化製品を買い込んだりしていたからだ。

荷造りした段ボールは三人分なので、そのスペースのわりにかなり多く、かもめは焦ったが、引越し当日、業者が到着するまでには何とか一段落した。

頼んでいたのは二トントラック一台のみ。果たして荷物を全部積み込めるのか、かもめは心配だった。

実際に業者に積み込めるだけ積んでもらうと、残念ながら三割ぐらいの段ボールは積み込めず、残ってしまった。仕方なく、残りは後日自家用車で運ぶことになった。

取り敢えず家族三人で自分達の車に乗り、新しい住まいとなるマンションへと向かった。

到着し、マンションを一目見たむくは絶句した。

「何これ？　すごいおんぼろ屋敷じゃない！？」

むくが驚くのは無理もなかった。築二十五年ぐらいで、確かに外見は一昔前の古臭い公団といった感じで、お世辞にも綺麗とはいえなかったからだ。

かもめも内心では、こんなぼろいマンションには住みたくないと思っていた。

恐る恐る室内へ入り、ひとあたり見渡すとむくはいった。

「中は外見よりはましだね。でも今までのマンションと比べたら、設備がかなり古臭いよ」

そう言いながらも、多少安心したようだった。

業者にそれぞれの部屋に荷物を納めてもらうと、むくが冬休みに入る直前だったので、その日は荷解きをせず一旦は本宅へ帰宅することになった。そして正月明けに再びそこへ戻って来て、荷物の整理をすることにし、そのマンションからは退散したのだった。

三、おんぼろ屋敷は怖い

本宅でお正月を過ごしたからす一家は、むくの冬休みの終わりが近づいても、なかなか、新たに賃貸したおんぼろマンションに行って生活する気にはならなかった。その他諸々のことを考えないで済むのなら、そのまま本宅で生活していたいところだった。

しかしそういうわけにはいかないので、冬休みが終わるぎりぎりになってやっと重い腰を上げ、賃貸マンションのほうへ大移動した。

室内へ入ると、引越ししたのが十二月前半だったせいか底冷えがし、三人ともやけに寒く感じた。

南側にあるダイニングとその両側二部屋はまだよかったが、北側の一室は隙間風がピューピューと、まるで外にいるのと同じような寒さだった。

「ここはマンションとは思えないぐらい寒いね。なんか騙されたみたい。エアコン一台だけしか持参していないけど、これで全体を暖めるなんて絶対に無理だよ!」

かもめは悲鳴を上げた。

「古いからきっと作りが悪いんだよ。他の暖房器具も用意して暖めるしかないね」

そういうからすもその寒さにはちょっと驚いたようだった。

以前のマンションは真冬でも暖房要らずの暖かさだったので、同じマンションでも随分違うものだな、とかもめは思った。

寒いだけでなく、実際に生活を始めると、古さゆえの不具合が続発した。

初めは洗面所に置いた洗濯機の、排水溝からだった。

洗濯後の排水がちゃんと流れず、逆流して溢れ出して来た。すぐに気が付いたので大事には至らなかったが、もし気が付くのが遅かったら、危うく水浸しになるところだった。

これは古くなった排水溝のパイプの詰まりが原因だったので、すぐに業者を手配してもらって直した。

その翌日、今度は洗面台の下に水溜まりができているのを発見した。洗面台の下から覗き込んでよく見ると、排水管と洗面台の結合部分から水漏れしていたので、急いでその下にバケツを置いた。

そしてすぐに管理会社に連絡すると、暫くして業者が来てくれ、直していった。しかし洗面台が古いせいか完全には直らなかったようで、数日後には再び水漏れが起こり、今度はすぐ下の階の部屋にまで被害が及んでしまった。これは下の階の住人からの知らせで分かった。

また直ぐに管理会社に連絡したが、その日は生憎定休日だったようで連絡が取れず、大家さん

の連絡先もわからないので困ってしまった。下の階の人に相談すると、

「前回の業者に電話を掛けて、そこから大家さんに連絡を取ってもらったらどうですか?」

教えられたとおりにすると何とか大家さんとの連絡はついたが、業者が来るのを、夜遅くまで待たなければならなかったのである。

(古いマンションはやっぱり駄目だね! それに賃貸は懲り懲りだ!)

しかしこれでも終わらず、次はトイレでびっくりするような事件が起きた。

古い建物は全体的に配管が細く、詰まりやすいとかもめは考えていたので、詰まり防止のためトイレットペーパーはシングルを使用し、その使用量も最小限に留めるよう家族に注意していた。

しかしどういうわけか、突然トイレが詰まってしまった。便器からは大量の水が溢れだしてきて、焦ったかもめは急いで水道の元栓を閉めた。

「いったいこのマンションはどうなっているの? あまりにも色々と起こり過ぎる!」

流石のかもめも、この時ばかりは泣きたい気分だったが、急いで業者を呼んで調べてもらった。

「排水管から、スポンジが出てきましたよ!」

そんな可笑しなことをいわれたので、かもめはちょっと驚いた。

「えっ? ペーパーとかじゃなくてスポンジですか!? どうしてこんな所からスポンジが出てくるんでしょう?」

かもめは取り出されたスポンジを見て、一度びっくりした。比較的薄いが、食器洗いに使うよ

うな大きなスポンジだったからである。

「以前住んでいた方が、掃除か何かしていて、誤って流してしまったのかもしれませんね」

業者の人はそういったが、そんなことがありえるのか、かもめはちょっと信じられなかった。

(賃貸の、古いマンションは最悪だよ。すぐにここから逃げ出して本宅へ帰るか、もっと新しいマンションへ引越ししたい。でもどっちも選択できなくて、ここで我慢してるしかないなんて、ひどすぎるよ!)

故障以外にも、キッチンや洗面所の蛇口からお湯が出ないため、真冬なのに洗い物や洗顔を水でしなければならない、お風呂は追い炊きができないバランス釜で、シャワーも付いていない。また留守中にねずみに食い荒らされるなど、生活にはかなりの苦労を強いられた。

しかしそのお蔭で、不自由が無いのが当たり前だと思ってしていた本宅での生活が、実は恵まれていたのだということが、多少はむくにも分かったようだった。

このマンションは特に不具合が多かったが、その前に住んでいたマンションでも、何度か不具合は起きていた。

これらのマンションでの生活では、大変な経験や嫌な思い、また楽しい出来事もあった。から す一家にとって、良きにつけ悪しきにつけ貴重な経験であり、社会勉強になったのではないかとかもめは考えている。

おんぼろマンションへ移動してからのむくは、環境の変化が原因なのか再び鬱状態に逆戻りしたかに見えた。一週間以上寝たきりで、保健室へも登校できずにいたのだが、二週間ぐらい経つと、また保健室へ登校し始めた。

三学期もむくと同じような「芸能おたく」のクラスメートが登校していたので話が弾み、比較的楽しく登校していた。しかし相変わらず教室へ行くのは嫌がり、三学期いっぱい保健室登校のままだった。

（むくの性格じゃ、学期の途中から教室へ行くのは難しいだろう。でも三年生になる時にはクラス替えがあるから、あの「おたく」の友達と何とか同じクラスにしてもらえれば、きっと教室へ行けるようになるだろう。三年生では、一学期からちゃんと教室へ登校しないと内部進学ができなくなるってことは、むくも分かっているはずだから大丈夫。あと少しの辛抱だ）

かもめはそう考え、心配はしていなかった。

一方からすは、脳梗塞発症から一年以上が経ち、二度目の冬を過ごした。

「身体が硬くてすごく痛いし、痺れが酷くてビリビリして電気クラゲみたい。とても自分の身体とは思えないよ」

寒さのせいで筋肉が再び硬直して体調が悪くなり、毎日痛さに嘆きながらの生活を送っていたのである。

第八章　転機

一、教室へ登校できるの？

ついにむくが三年生になる日がやってきた。

「入学したのはついこの間のことみたい」

かもめは二年前の同じ時期に、むくの将来を夢見て、家族で入学式に参列したことを思い出し、懐かしくなった。

その日から現在までにあまりにも沢山の事件や出来事に遭遇したので、とても長い時間が経過したように思えた。しかし一方ではその間のことは現実のことではないようにも思え、時間だけがタイムスリップし、現在に至ったようにも感じていた。

「中学での生活をしないうちに過ぎたから、三年生になるのが信じられない」

むくも同じように感じていたようだ。だからせめて、残り一年の中学校生活では心機一転、むくが頑張って充実した時間を過ごし、良い思い出を沢山作ってくれることを、かもめは祈らずにいられなかった。

始業式の日、かもめは一年前と同じようにむくと一緒に保健室へ登校した。

中へ入ると、二年生の時に保健室で仲良くなった「芸能おたく」の友達は既に登校していた。

「彼女と同じクラスになるように、配慮したいと考えています」

事前に学年主任からそう告げられていたので、かもめは少しだけ安心していた。

友達と一緒のクラスになれば、きっと始業式に参列し、教室へもいけるだろうと考えていたからだ。しかし式が始まり、その友達が参列してもむくはそれに加わろうとはしなかった。

「あの人は友達がいるけど、私はずっと教室へ行ってなかったから、他に友達は全然いない。三年生にもなって友達が全くいない人なんかいないから変な奴って思われるだけだよ。やっぱり教室なんか行きたくないよ」

むくはそんなことを言い、参列を拒否しようとした。

「またそんなこといって！　そのお友達がいるんだから式に出て教室へ行けば、友達は段々とできるでしょ。教室へ行く最後のチャンスかもしれないから、何とか一緒に頑張ってみたほうがいいよ。自分の将来のこともよく考えて」

「あの人は家が学校のすぐ近くで、通学が楽だからきっと続きの高校へも行くと思うよ。でもこっちは家がすごく遠いし、多分ここの高校には行かないから、あの人とは違うんだよ」

かもめはこの時ばかりは、何度もむくを説得しようとした。しかしむくはあくまでも自分自身の考えに拘り続け、頑として受け入れようとはしなかった。

結局、始業式には参列せず、教室へも行かなかった。

この件に限らず、むくは自分の考えに固執することが多く、そうなった時のむくは誰が何を言っても聞き入れないので、かもめは諦めてそれ以上はいわなかった。

「学校まで遠いことだけが原因で教室へ行けないのなら、もう一度学校の側に部屋を借りて教室へ登校するというのはどうでしょう？　もしそれでも教室へ行きたくないというのであれば、何かもっと別の原因があるのかもしれませんよ。あとは公立へ転校するしかありません」

後日、学年主任と話し、事情を説明すると、学年主任はかもめにいった。

（また学校の側に住めば、確かに通学は楽になるだろう。だがそうしたからといって、頑固なむくのこと、教室へ行く確証はないし、行くとも思えない。殆ど、可能性のないことにお金を費やし、これ以上振り回されるのはごめんだ。それに学年主任のいうように、むくには何かもっと別の原因があって、教室へ行けないのかもしれない）

かもめはそう考えて、新たに賃貸し直すことはしなかった。

本来この学年にもなって教室へ行けないのなら、公立へ転校するのがベストだったかもしれない。しかしむくはそれも嫌がったので、結局、第二保健室へ週一、二回再び登校することになった。

三年生での新しい担任は、体育会系のがっしりした体躯の男性だった。しかし見た目に比べて性格的にはとても優しくて温和、気遣いのできるタイプだった。

年齢は二十代後半から三十代前半ぐらい、歴史が専門で、二年生の時にむくの学年を担当していたのでむくも知っていた。

「一日一時間でもいいから、教室で授業を受けてみたらどうかな?」

新学期が始まって二週間ぐらいたった頃、むくは担任から薦められた。しかし、

「まだ教室へ行くのは無理です」

むくはそう返事した。その後も何度か教室へ行くことを薦められたが拒み続け、結局、一度も教室へいかないまま、一学期の終わりが近づいた。

そしてある日、担任からかもめに連絡があった。

「今後の進路のことも含めて、校長先生が一度面談をしたいとおっしゃっているので、お二人で学校へ来ていただきたいと思います」

「とうとう進路を決める時が来たみたいだね! むくは教室へ行けてないから、校長先生から何ていわれるか、だいたい想像がつくけど」

ここまできたら、あとはもうなるようにしかならないとかもめは思っていたので、深刻に考えたりはせず、面談の日を迎えたのだった。

二、内部進学は不可能に

面談当日、学校に着いて担任の先生に案内されて校長室へ行くと、校長先生だけでなく、教頭先生や学年主任も顔を揃え、むく達が来るのを待っていた。

校長先生は始業式などの行事の時には毎回、人生についてためになる話をしてくれるのだが、この日もそんな話から始まった。

「あなたが長い間病気で学校を休まなければならなくなって、悩んだり辛かったりした時期や困っていた時に、誰があなたを助けてくれましたか?」

「お父さんとお母さんです」

「そうですよね。あなたのことをずっと見守って支え、助けてくれたのはご両親でしたね。自分が本当に大変な時に支えてくれる人が、あなたにとって最も大切な人であり、理解者なんですよ」

そんな内容の話だったのだが、それを聞いたかもめはとても感動した。そして、目から鱗が落ちるような気がした。

(私たちはむくに大した手助けはできていないけど、どんな時も理解して支えようとしてきた。それがむくの助けになり、再起する為の原動力になっているのだとしたら、こんな嬉しいことはない)

そう思うと何だかむくとの絆が急に強くなったような気がして、かもめはとても嬉しくなった。そして、むくと一緒にこれまで頑張ってきて、本当に良かったと思った。

校長先生の話のあとは、その日の本題である、むくの進路のことへと話が移った。

まず校長先生はむくに、現在の健康状態、学校生活、そして教室へ行けない理由などを確認し、それから内部進学を含めた高校進学等の進路についての、むくの考えを聞いた。

「今もまだ教室へは行けていないので、このままでは高校へ内部進学するのは、とても無理な気がしています。どこか通信制の高校とか別の学校を探して、そちらへ行くほうがいいかもしれないと思っています」

「この学校の高校へは進学しないで、どこか別の学校を探して、新しい環境で頑張ってみようと考えている、そういうことでいいのかな？」

「はい、そうです」

「具体的にこの学校へ行きたいとか、こんな感じの学校へ行きたいといったような希望はあるのですか？」

「それはまだ、全然考えていません」

「そうですか。でも、時間はまだ十分にあるのですから、これからゆっくり考えれば大丈夫ですよ。あなたが希望の進路へ進めるよう、学校のほうでもできる限り協力します」

「それでは新しい進路に向けて、頑張っていきましょう」

「はい、頑張ります」

「担任の先生もそれでいいですか？」

「はい、それで結構です」

担任は校長先生に何かいいたそうな感じだったが、敢えて何もいわなかった。

むくの進路のことについてそれぐらいで、意外にあっさり方向付けられた。もっとも、むくが高校へ内部進学したいといえばそう簡単にはいかなかったかもしれない。

面談の最後に、むくは校長先生から手紙の入った封筒を渡された。

校長室を出てからそれを開けると、内部進学についての通知だった。

出席や成績の状況と、それらが内部進学の基準に満たない旨が記載されていた。そしてそのあとには、内部進学について「不許可」とはっきり記されていたのである。

（なーんだっ！　校長先生はむくの考えを聞いて、それを尊重するような感じの口振りだったけど、聞くまでもなく、初めから内部進学はできないって決まっていたんじゃない！）

学校側も形式上、むくに聞かないわけにはいかないので一応確認したのだろうし、本人に内部進学の意思がなければ、敢えてことを荒立てず、穏便に済ませることができる。

できれば面倒なことは避けたいというのが、恐らくは学校側の本音なのだろう。

むくのように、自分のほうから内部進学をしないといってくれる生徒は、最も都合が良いのかもしれなかった。

そして、もしむくが内部進学したいといったところで、恐らくは、内部進学以外の進路を薦められたに違いない。かもめはそう考えると、何だか少しがっかりした。

しかし自分のほうから内部進学をしないといったことで、むくが嫌な気分になることは避けられたので、それだけは良かったと思った。

「校長先生には一学期の途中でなく、夏休み前まで進学についての結論を待ってくれるようにお願いしたのです。しかし、『内部進学できない場合は、早い時期に本人に伝え、別の進路へ進むほうに気持ちを切り替えてもらったほうが、本人にとっては良いのです』そう校長先生がおっしゃるので、学期の途中での面談になっていました。申し訳ありません」

「こちらのために一生懸命やってくださってありがとうございます。でも先生のせいではありませんので、お気になさらないでください」

担任は、むくがまだ、一学期中に教室へ登校する可能性があると考えて希望を捨てず、色々と気を遣ってくれていたのである。かもめは担任の気持ちを知り、とてもありがたいと思った。

校長先生との面談で話される内容にはだいたい想像がついていたし、むくが内部進学できるとは全く考えていなかったので、むくもかもめも、この結論自体にはそれ程ショックを受けなかった。

「今年の夏休みは、何とか海外旅行へ行きたいね！」

むくの夏休みが直前に迫っていたので、かもめは少し前から考えていたことを、からすとむくにいった。前年の夏休みは海外旅行へ行けなかったので、今年は是非、という強い思いを抱いていたのだ。

また前年より、むくの鬱病が良い方向へ向かっていることもあった。

「行きたいね。でも飛行機に乗っても大丈夫かな！？」

心配しながらも、からすは行きたそうな様子でいった。またむくも、行ってみたいといった。

それで危険を覚悟の上、からす一家は久々に海外旅行へ行くことに決め、急いで計画を考え始めた。

三、香港旅行　ＰＡＲＴＩ

海外旅行へ行くといっても、からすが飛行機に乗ること自体がかなり危険ので、できる限り健康状態や安全を考慮して行き先を決める必要があった。

フライト時間が長ければそれだけリスクが高いし、渡航先によっては医療費が高額なので、そういったことも考慮しなければならなかった。

かもめとしてはハワイかシンガポールが希望だったが、どちらもフライト時間が七、八時間で決して短いとはいえない。またハワイはアメリカなので、万が一重病にでもなった場合、高額の医療費を支払わなければならない可能性がある。

からすのように海外旅行保険に加入できない人にとっては、あまりにもリスクが高かった。検討した結果、以前旅行したことがあって比較的近場の台湾か韓国、行ったことはないが、フライト時間が五時間弱でそれ程遠くはない香港、その三つの国が候補に挙がった。

「どこにしようか？　できるだけ近い方が安全そうだけど、香港は行ったことがないから行ってみたい気はするよ」

からすがいった。三人で悩んだ末からすの意見を尊重して、香港へ行くことにした。

フライトはキャセイ航空、出発日はお盆直後の、料金が若干下がる時に決めた。

出発当日に空港へ行くと、お盆が終わったにも関わらず、空港はかなり混雑していた。料金的な関係で、この時期に出国する旅行者は意外に多いのかもしれなかった。

出国手続きが搭乗の締め切り時刻間際まで掛かってしまったが、何とかぎりぎりで間に合い、慌てて機内に乗り込んで無事に離陸することできた。

機内はほぼ満席だったので、多少窮屈なのは否めなかったが、ビデオプログラムが充実し、機内食も美味しかったので楽しい一時が過ごせ、三人ともキャセイ航空にとても満足した。

ただかもめは渡航中、からすの体調についてはずっと気になっていた。

からすは脳梗塞を発症後、三年を経過していなかったので海外旅行保険の加入条件から外れ、加入できていなかったのだ。そのため、機内で脳梗塞を再発しやしないか、エコノミー症候群になりはしないか、それればかり考えて気が気ではなかった。

だから無事に香港までのフライトを終え、空港へ降り立った時、かもめは心底ほっとした。

「無事に着いて本当に良かったよ！」

香港の空港は、以前シンガポールへ行く時の乗り継で立ち寄ったことはあったが、正式に空港に降り立つのはこれが初めてだ。

綺麗で巨大な空港、それが香港の空港の第一印象だった。

この旅行はホテルまでの送迎付きのパッケージツアーなので、到着ロビーには現地係員が迎えに来ることになっていた。

ロビーに出て辺りを見渡すと、すぐに係員は見つかった。

その係員は日本語が達者な男性で、顔も日本人的だったので、かもめは初め日本人だと思った。しかし名前がイギリス名なので香港人だろうと推測した。しかしあとからの自己紹介で、やはり日本人だと分かった。イギリス名は現地人が付けてくれたのだという。

その後、同じバスを利用するツアー客が到着するまで待たされ、全員が揃ってからバスでチム・サーチョイへ向かった。

「すごーい、綺麗な海だね！　海の色が、まるで翡翠のような深いグリーンで超神秘的！」

空港のあるランタオ島から九龍島までは、海上に建設された高速道路を通って渡るのだが、初めて見る香港の、その美しくエキゾチックな海にかもめは魅了され、とても感激した。

ハワイのような鮮やかでクリアなブルーの海とは違った美しさで、シンガポールで見た海の色に似ている気がした。

九龍島へ渡ると、途端に辺りの景色は一変し、いかにも香港といった感じの高層ビル群が現れた。

日本では絶対にありえない、五十階建てぐらいの超高層マンションが林立している様子に、かもめは度胆を抜かれた。

「香港ってやっぱりすごい所！　こんな高さのビル、日本で絶対に見かけないし、建たないよね！香港は地震が無いのかな？」

三人にとっては、目に飛び込んで来る景色の全てが新鮮だった。

チム・サーチョイでは送迎のために二、三軒のホテルへ立ち寄ったのち、宿泊ホテルのルネッサンス・カオルーンへ到着した。空港からホテルまでは、およそ四十分ぐらいだった。

「海が目の前に見えるなんて、最高だね！」

そのホテルは正真正銘のハーバーフロントに建ち、ニューワールド・センターというショッピングセンターにも直結していて、スターフェリーや地下鉄乗り場もすぐ近くにあり、ロケーションは抜群だった。

またホテル前の海沿いには、スター・アベニューという遊歩道もあり、壮大な海の景色を眺めながらチム・サーチョイを散歩することも可能だった。

チェック・イン手続きのためにレセプションへ行くと、それ程混雑していないにも関わらず、やけに手続きに手間取った。

「なんでこんなに待たされるの？」

三十分近く待たされたので、かもめはイライラしてからすに聞いた。

「よく分からないけど、部屋の準備ができてないみたいだよ」

「もうチェック・インの時間をだいぶ過ぎているのに？」

それから十分ぐらい経ったのちレセプションから、

「準備が整うまでに、あと三十分ぐらい掛かりそうです。こちら側の不手際ですから、それまでの間、ホテルのカフェでお待ちください。お茶とケーキを無料でサービスさせていただきます」

そう伝えられた。

仕方がないのでそれを食べながら待つことにした。

こういったことは、ホテルが混雑する時期にはありがちなことだが、このホテルには、日本のホテルのようなサービス精神が少しばかり欠如しているのではないかと、かもめは思った（もっとも、このホテル限ったことではないのかもしれないが）。

客室に案内されると、既に四時半を回っていた。滞在時間を少しでも長くするため、割増代金を払ってわざわざ午前便で来たにも関わらず時間的ロスが出てしまったので、かもめはすごく損したような気がした。

客室に荷物を置いたあとは、すぐに活動を開始した。

旅行中の計画は予め考えておいたのでそれに従い、まずはビクトリアピークへ百万ドルの夜景鑑賞へ出かけることにした。スターフェリーに乗船して香港島へ。

「香港に着いたら、まずこれに乗りたかったんだ！　異国情緒たっぷりでドラマティックだから」

スターフェリーは香港の三大名物乗り物の一つと言われていて、年期の入ったレトロな船内と油臭さが、何ともいえない良い雰囲気を醸しだしている。そして、古き良き香港を彷彿とさせた。香港島までの所要時間は九分ぐらいと短いのだが、その間、九龍島と香港島、両方の素晴らしい景色を眺められ、ドラマティックな小旅行を体験することができた。

船室は一階と二階があり、二階のほうが若干高いがそれでも日本円にして六十円前後。そんな安い料金で素晴らしい経験ができるのだから、かもめはスターフェリーが、名物乗り物といわれるのは当たり前だと思った。

香港島へ到着してスターフェリーから出ると、すぐ前にはビクトリア・ピーク行きのバスの乗り場があり、二、三分待つとすぐにバスがやってきた。

三人ともそれに飛び乗った。小銭が足りなかったが、旅行者だと分かったせいか、親切にもおまけしてくれたので助かった。

バスは終点まで乗っていけばビクトリア・ピークまで行くのだが、トラムに乗車してみたかったのでトラム・ステーションで下車した。

しかしそこはトラムを待つ人達で、長蛇の列ができていた。

「すごい並んでいるけど、どうする？　これじゃ一時間ぐらい待っても乗れない気がするよ」

かもめは言い、時計を見ると午後七時少し前だった。

三人で悩んだ末、チャンスを逃すと、旅行中に百万ドルの夜景を見られずに終わってしまう可能性もあると考え、長蛇の列に並んで待つことにした。

もっともあとになってから知ったのだが、オクトパスカードというプリペイドカードを事前に購入しておけばそれで乗車が可能で、長い列に並ぶ必要はなかったのだ。

結局、一時間ぐらい待っただけでトラムには乗車できた。しかし乗る直前、マナーの悪いインド人達がドドッと前に押し寄せてきて潰されそうになり、冷や冷やした。

トラムは急傾斜を上っていく。途中からは斜め四十五度ぐらいに車体が傾き、それに伴って山間から見えるビル群の景色も変化した。

それらが横倒しになったかのように見えるとても不思議な光景で、まるで映画の中のワンシーンを見ているようにスリル満点だった。

トラムは五分ぐらいで山頂駅に到着し、からす一家はその向かいにあるピーク・ギャレリアに入った。

「まずは腹ごしらえだね！」

中には何軒ものレストランや土産物店が軒を連ねているのだが、気軽なイタリアン料理のお店を見つけたのでそこになだれ込み、やっと夕食を取ることができた。

「夕食を食べられないかと思ったけど、ありつけて良かった！」

空腹が満たされたので、お待ちかねの展望台へ向かった。展望台へ出た瞬間、光の海が目に飛び込んで来た。辺り一面、眩いばかりの光景が広がっている。

「やっぱり実物はすごいねー！　写真で見るのとは比べ物にならないぐらい綺麗。想像以上だよ！」

むくもかもめも、興奮していった。

まさに百万ドルの夜景というに相応しい、美しくダイナミックな景色だ。

「宝石をちりばめたような」、そんな表現がぴったりの、とても言葉では言い表せない素晴らしさだった。

時間の経つのも忘れて三人とも眺めていたが、やはり時間には限りがある。

後ろ髪を引かれる思いでそこから退散し、再び長いトラムの列に並んだ。

面白いことに、トラムの座席は下る時も上って来た時と同じ方向を向いたままだった。うしろむきのまま斜めに傾きながら下っていくので、ある意味上りよりも怖く、更にスリルがあった。

終点で下車してバスを待っていると、中環（セントラル）行きのバスがやってきた。これは運良くオープントップ・バスだった。

高層ビル群の間の坂道を爽快に下り、フェリー乗り場へ向かって行った。

「オープントップ・バスにも乗れるなんて、初日からすごいラッキー！　それにジェットコースターみたいで、気持ちいいね！」

かもめは吹き抜ける風の心地良さと、香港の街の夜景に酔いしれた。そして、ビクトリア・ピークの夜景を眺められ、名物乗り物に乗ることもできたので、香港滞在一日目としては上出来だと思った。

二日目は、ツアーに無料で付いている市内観光に参加した。出発が早朝の上むくは早起きが苦手なので、朝食は取らずに出かけた。

バスに乗車すると、自分達以外は誰も乗っていなかった。しかし次のピックアップ場所に着くとドドッと団体が乗り込んできて、一瞬にしてバスが満席になったので、かもめはびっくりした。どうやらその団体は、朝食付きのコースに参加しているツアー客で、全員からす一家より先に集合して飲茶店で朝粥を食べ、戻ってきたところだったのだ。

市内観光は、定番中の定番コース。

海底トンネルを通って香港島へ。コンベンションセンター前で九龍島をバックに記念撮影、香港島を車窓から見物、バスでビクトリア・ピークへ上って昼間の景色を鑑賞、黄大仙、飲茶の昼食、レパルスベイ、そして最後は健康食品と宝石店でショッピング、そんな順番で進んでいった。

コンベンションセンター前から眺める九龍島側の景色はそれなりに綺麗だったが、香港島に比べて高層ビルが少ないせいか、意外と地味だった。

「昼間の景色より、夜景のほうが全然綺麗だしドラマティックだったね」

ビクトリア・ピークの昼間の景色も、壮大には違いないが、前夜眺めた「百万ドルの夜景」のほうが、はるかに素晴らしかった。

黄大仙は有名な寺で、螺旋状の赤い巨大な線香が沢山ぶら下がっているのが特徴的だ。

三人ともここへ行くのをとても楽しみにしていたが、寺の都合で取り止めになってしまったので、ちょっとがっかりした。

市内観光といえば昼食付きが一般的だが、かもめはどちらかというと、あまり期待はしていなかった。

案内されて向かったのはチム・サーチョイのイーストにある海鮮中華レストラン。

店内は大衆的だが、入口に置かれた沢山の魚介類が入った巨大水槽が目を引いた。
五、六人ずつのグループに分かれ、円卓を囲んだ。
昼食は一応コースで、前菜、飲茶、炒め物や揚げ物、スープ、焼きそばとチャーハン、そして最後にデザートといった順番で提供された。

味は全体的に大味で可もなく不可もなくといった感じだったが、デザートのマンゴープリンだけはとても美味しかった。

「同じ無料でも、シンガポール旅行の市内観光の時に食べた昼食のほうが美味しかったね」

「そうだね。香港のほうがシンガポールより物価が高いから仕方ないかもしれないけど、素材も今一つみたい。でもこのレストランは海鮮が中心みたいだから、お金を払って食べるならもっと美味しいかもね」

かもめはそう考えた。

満腹したあとは再びバスに乗車し、今度はレパルスベイへ向かって出発した。

ここは日本でいえば、熱海とか江の島のような有名ビーチリゾートだ。

三人とも、ビクトリア・ピークと同じぐらい楽しみにしていた。

到着してみると九龍の喧騒が嘘のように静かなので、かもめはこんな静かなビーチが香港にあることが、とても信じられなかった。

「あの斜面の一番上のほうには、以前ジャッキー・チェンが住んでいた白亜の豪邸があります。ちょっと遠いですが、分かりますか?」

ガイドさんが教えてくれたがちょっと見えにくかったので、カメラのズームレンズ越しに覗くと良く見えた。確かに白亜の大きな屋敷だった。

「あんな上のほうに住んだら景色がいいし、海風が吹き抜けて気持ちいいだろうね」

とても穏やかで雰囲気の良いビーチなので散歩していると、からすがちょっと怖いことが書かれた立札を見つけて指さした。

『犬を海に入れないでください。サメが来ます』

そこには英語と広東語で、そんなふうに書かれていた。

「えーっ、こんな綺麗なビーチにサメが来るの、信じられない!?　サメはよく血の匂いを嗅ぎつけてやって来るっていうけど、本当なのかもね。それにしても日本では観光客の来るようなビーチにサメが来るなんてことはないから驚くよね。それに日本の場合は、サメが来るようなビーチがあったとしたら、絶対に立ち入り禁止にしてるよね。国によってビーチの様子や安全への配慮も違うものなんだね」

かもめはとても驚いたが、一方ではとても勉強になった。

ツアーが終わりに近づき、最後はショッピングで締めくくりだ。

無料のツアーではたいていお土産店などに立ち寄るが、そうすることによってその店からのマージンを受け取れ、ツアーを無料にすることができるのだ。

ツアーが無料なのは良いが、押し売り的な店が多いので注意が必要だ。

初めに案内されたのは「宝石城」という名前の宝石店だった。工場も併設されている。

何年か前にシンガポール旅行へ行った時にも市内観光で「宝石城」という同じ名前の店に連れていかれた。かもめはそのことを思い出し、もしや系列店ではと疑っていたら、やはりそうだった。

シンガポールの宝石店の時には、その店の中国人の店員がしつこく押し売りしてきて閉口した記憶があった（といっても購入はしなかった）。だから香港では全く興味の無いふりをし、店員からも遠く離れてやり過ごした。

そのあとの健康食品の店でも、やはり魔の手から逃れ、何も購入せずにやり過ごすことができた。

やっとショッピングが終わり、ツアーも終了かと思ったがちょっと違った。

香港では、何社かの旅行会社が合同で現地のツアー会社に委託し、市内観光を行うことは珍しくないらしい。このツアーもそうだった。

そのため、別の旅行会社のツアー客は更にもう一軒、お土産品店へ寄らなければいけないというので、その間からす一家を含め、それ以外のツアー客は、しばしバスの中で待たされる羽目になった。

「随分変なシステムだね。他のツアー客を待たせておくなんて」

それまでの海外旅行では、そんな経験はしたことがなかったのでかもめはちょっと驚いたが、郷に入っては郷に従えだと思った。

そういった習慣や文化の違いを肌で感じられることは海外旅行の面白さであり、醍醐味なのかもしれない。

香港では毎晩午後七時半過ぎから、シンフォニー・オブ・ライツという、音楽と光が織りなすショーが開催されている。

香港島、中環の海沿いのビル群から色とりどりのレーザー光線が放たれ、それらが音楽に合わせて七変化するというものだ。その晩はそれを見物した。

かもめは、鳴り響く音楽と光の饗宴、派手でドラマティックなショーを想像していたのだが、意外と地味な感じだった。それでも楽しく、吹き抜けていく海風が心地よかったので、徐々にテンションは上がっていった。

「今日は何を食べる？　海沿いには美味しそうなレストランが沢山あるから、夜景を見ながら食べたら最高だろうな」

かもめはいった。むくも海沿いのレストランがいいといった。しかしからすは、

「このレストランは高いよ。一品食べてデザートとか取ったら、ホテルのバイキングと同じぐらいの値段になるよ。バイキングのほうが得だよ」

からすは日頃からバイキングが好きなのだが、それ以外のレストランとなると、いつも真っ先に料金を計算してしまう。雰囲気などは二の次なのだ。

同じぐらいの料金の場合は勿論、すこしぐらい高くても、美味しい物を好きなだけ食べられて、お得感のあるバイキングのほうに、どうしても魅力を感じてしまうようだった。

勿論、むくやかもめバイキングは大好きだが、海沿いのレストランも捨てがたかった。

しかしからすが妙に拘るので、結局ホテルのバイキングで食べることにした。

向かったのは、宿泊しているホテル、ルネッサンス・カオルーン内のレストラン、「パノラマ」ビュッフェ形式で料理の種類が豊富、中華、洋食、寿司、シーフードなど、様々な料理が並んでいた。味も比較的良かった。

ただレストランの閉店時間を確認せずに入ってしまい、三十分ぐらい食べたところで、三十分

後の九時に閉店だと、お店の人に伝えられた。お蔭で慌ただしく食べる羽目になった。

実はこのレストラン、想像以上に料金が高く、一人五千円以上は掛かった。にも関わらず、時間をかけて美味しい物を味わうことができなかったのは、三人にとって、とても心残りだった。

四、香港旅行　ＰＡＲＴⅡ

香港滞在三日目は、「パンダバス」という日本人向けオプショナルツアーに参加し、マカオ半日観光へ出かけた。これは香港到着後、すぐに予約しておいた。

ツアーの集合場所、カオルーン・ホテル前で待っていると、お茶目なパンダマークの描かれた専用バスがやってきた。

このツアーでは、他の三組の家族連れと一緒だった。

マカオへは、香港島、中環の乗り場からフェリーに乗船するので、そこまではバスで向かった。

ずっと以前、マカオはポルトガル領だったのだが、現在は中国に返還されている。

しかし経済格差からの混乱を避けるという目的で、返還後五十年は、ポルトガル統治時代の制度を保つことになっていて、中国の一国内で二制度を実施している。

「マカオ特別行政区」というのが正式名称で、本土の中国人や香港在住の中国人は、申請許可証を持参していればマカオへの入国は自由だ。但し、手続きは必要である。

外国人の場合、中国本土や香港に既に入国している場合でも、香港からマカオへの出入国の際、他の海外への出入国と同じように審査が必要なのである。

そんなわけで、フェリー乗り場ではガイドさんの案内で出国手続きし、マカオ行きフェリーに乗り込んだ。

香港からマカオまでは高速船で、約一時間のクルーズ。

船内は綺麗だが、エアコンの効き過ぎで冷蔵庫の中みたいに寒く、凍りつきそうだった。

かもめには、快適というよりむしろ地獄に思えた。

「マカオは香港よりも暑いみたい」

からすがいった。

マカオへ降り立った途端、フェリーの中とは一転し、ギラギラとした太陽が照り付ける灼熱地獄へと陥った。

「本当、日差しが強過ぎて、焼け焦げそう！　でもフェリーの中の寒さよりはいいよ」

かもめがそう思ったのも束の間、すぐに暑さで耐えられなくなり、悲鳴を上げた。

マカオには、現在もポルトガル統治時代の建築物が数多く残っていて、それらが観光名所になっている。世界遺産に指定されている建築物も数多い。

見学予定のセナド広場周辺にも、そういった建築物が点在しているので、現地ガイドさんの案内で、それらを徒歩で見て歩いた。

「ポルトガルに行かないで、こういう歴史的な建物を見られたから、ちょっと得した気分だよ。三人で来られて良かったね」

かもめはそういった。そして思った。色々なことがあったが、こうやってまた家族で旅行へ来られ、現地で様々なことを体験したり共感することができた。こういう時間を共有できて幸せだと。

観光のあと、昼食付きのコースの人達はポルトガル料理のレストランへ、からす一家は昼食無しで申し込んでいたので、フェリー乗り場まで送ってもらい、そこでガイドさんやツアーの一行とは別れた。

「なんでお昼を食べないの？　みんなは食べるのに」

むくは不満そうにいった。

「ポルトガル料理だから美味しいかわからないから、昼食付きにしなかったよ」

本当はかもめも、食べてみたい気持ちはあったが、ツアー代を少しでも安くあげるため、節約してしまったというのが、本当のところだった。

香港到着後は、フェリーターミナル内のレストランで食事をしようと一周りしてみた。

できれば和食を食べたいと思っていたが、あるのはマクドナルドか中華料理店ばかりで、食べたいものがあまりなかった。仕方なくマクドナルドに入ると、マックカフェも入っていた。三人ともマックカフェは初めてなので、そこで食べることにした。

様々な種類のサンドイッチやケーキが並んでいた。

サンドイッチとカフェラテを注文すると、英国時代からの習慣なのか、食べ物や飲み物がやけにビッグサイズだった。サンドイッチもカフェラテも日本の二倍ぐらいの大きさ、カフェラテは大きなボール状のカップに、なみなみと入れられていた。これらはとても美味しかった。しかし四人掛けの席で食べている時、余っている席に現地の人が、何も言わずに相席したのにはちょっと驚いた。やはり習慣の違いというのはひょんなところで現れるものだ。

食後にはどこへ行きたいかむくに聞くと、

「動物が見たい」

というので、フェリーターミナルから少し山側へ上がった所にある「香港動植物公園」へ行くことに決め、タクシーでそこへ向かった。

園内は想像より遥かに広く、熱帯植物が生い茂る、より自然に近い環境の中で沢山の動物たちが生息していた。それまで見たことのない珍しい動物も見かけた。

「えりまきトカゲ風の、面白い鳥がいるよ！」

かもめはちょっと変わっているが、可愛らしい薄ピンク色の鳥を見て、興奮しながらいった。

「ここに来られて良かったね。こういう場所はツアーでは来ないもんね」

「うん。すごく楽しかったよ」

沢山の珍しい鳥や動物に出会え、むくもその公園にはとても満足していた。

かもめはかなり疲れていたので、帰りもタクシーに乗り、中環の駅までいきたかった。しかしからすが帰りはタクシー代を節約しようというので、仕方なく歩いて中環まで下り、地下鉄で九龍へ戻った。

そのため、むくもかもめもすっかりばててしまった。

「今日の夕食はゆっくり食べたいけど、何にする？」

前日はかなり慌ただしい夕食だったので、かもめには、今日こそはどこかホテルのビュッフェでゆっくり、優雅に食べたいという気持ちがあった。しかし、暑さと疲れで全く食欲がなくなっていたので、それはやめることにした。

チム・サーチョイの街を歩いていると、たまたま日本でお馴染みの「和民」の前を通り掛かった。かもめにはまるで救いの神に思え、またみんなも入りたいといったので、そこに突入した。

「とっても綺麗なお店で、日本のとは全然違うね。居酒屋じゃないみたい！」

香港の「和民」の店内は、赤と黒を基調にしていて、お洒落なレストランといった感じのインテリアだった。ローカルの若者達で賑わっていた。

かもめは日本のレストランが香港人に人気なのはとても嬉しかった。

メニューは香港独自のものらしく、日本のメニューを香港風にアレンジしていて、料理の種類も多かった。

日本と同じ「和民」とはいえ、全く別のレストランに入ったようで新鮮だった。

寿司、刺身、焼き鳥、焼うどん、そしてサラダなどを注文し、三人で適当にシェアして食べた。

「やっぱり疲れている時は、和食が一番！」

からす一家はどちらかというと和食党。中華料理など油物はあまり得意ではないので、疲れた身体に優しい和食は有難かった。

滞在四日目の朝になり、やっとホテルで朝食を取ることができた。

かもめは海外旅行では、オプショナルツアーに参加するのは嫌いではないが、どちらかというと早朝出発のツアーで忙しく動き回るより、午前中はホテルでゆっくりと朝食を取りながら、のんびりと過ごすほうが好きだ。だからこれは至福の一時だった。

ただ香港は国際都市なので物価が高く、シンガポールなどのように、ホテルの宿泊に朝食は付いていない。朝食を、毎日気軽に食べるような感じじゃないのは残念だった。

「香港もいいけど、シンガポールやマレーシアみたいに物価が安くて朝食付きのほうがいいね。食べる楽しみがあるし、お得だし」

かもめがいうと、食べるのが好きなからすもいった。

「そうだよね。香港だと朝食が高すぎて、とても毎日なんて食べられないもんね」

ルネッサンス・カオルーンのような四つ星クラスのホテルでも、朝食が三千円ぐらいはするのだから驚きだ。やはり朝食付きの魅力は大きい。

海外旅行も四日目になると、三人とも疲労がピークに達していたので、遠出はしないで、タクシーや地下鉄を利用して、近くを観光することにした。

まず地下鉄で中環（セントラル）へ行き、銅像広場（スタチュー・スクェア）で有名な銅像を眺め、それから金鐘（アドミラルティー）へ向かった。

そこにはパシフィック・プレイスというショッピングセンターがあり、コンラッド、アイランド・シャングリラといった高級ホテルも三つ集まって複合施設を形成していて、とても便利なのだ。

パシフィック・プレイス内を一巡りしたあと、ランチにした。ちょっとお洒落なイタリアンレストランを見つけたので、そこに入った。

名物の石焼釜のピザとマグロの入ったサラダ、そしてカフェラテを注文した。

「どっちもすごいビッグサイズ！　でもとっても美味しそうだよ」

運ばれてきた料理を見て、むくは目を輝かせていた。この店のカフェラテは、前日のマック・カフェ以上のビッグサイズで、やはりボールのようなカップになみなみと入っていた。

一人ではとても飲みきれないが、かもめは大きいことは良いことだと思った。

食事のあとは、シャングリラなどのホテルを覗いてみた。

シャングリラは中国資本の高級ホテルだ。

以前シンガポールのシャングリラ・ホテルに宿泊して以来、かもめが最も好きなホテルの一つになった。だから香港のシャングリラにもいつかは泊まってみたいと思っている。

ロビーに足を踏み入れると想像していたとおり、ゴージャスかつ華やかで、中国風の壁画や調度品がとても素晴らしかった。ただ、シンガポールやチムサーチョイ側のシャングリラに比べて、狭い感じは否めなかった。

一方コンラッドは、ヒルトンの最高級ブランドだけあって、上品で落ち着いた雰囲気の中にも華やかさがあり、居心地の良い滞在を約束してくれそうだった。

どちらも甲乙付けがたい素晴らしさだったが、かもめは個人的には、コンラッドが気に入り、宿泊してみたいと思った。

その後は「香港らしい場所へ行こう」ということで三人の意見が一致し、女人街やバードガーデンのある、旺角方面へ向かうことになった。

女人街は衣料品や雑貨など様々な物を売る市場で、バードガーデンは公園のような名前だが、セキセイインコやカナリアなど鳥類を売る、やはり市場だ。

再び地下鉄を利用し、旺角の駅で下車した。そしてそこからはタクシーで、初めに園雀花園（バードガーデン）へ向かった。

到着すると、その入り口付近の壁一面には、中国の花鳥風月風の綺麗な壁画が描かれていた。目を奪われた三人はそこで記念撮影をした。

中へ入ると園内はとても広く、市場というよりはむしろバードパークというほうがぴったりだった。沢山の可愛いインコやカナリアなどを売る店が所狭しと軒を連ねていて、鳥たちが愛らしい鳴き声を奏でていた。いるだけで癒されるような場所だった。

そのあとはすぐ近くにある翡翠市場に入った。

ここは名前のとおり、翡翠を中心に扱う市場だが一般人や観光客でも購入が可能だ。七宝焼のアクセサリーや置物など、手頃な価格の物から高価な物まで種類豊富なので、お土産探しにはもってこいだった。

むくはここで自分用のお土産に、七宝焼きでできている、夫婦パンダの置物を購入した。市場なので、多少安くしてもらって買うことができた。

そこを出たあとはタクシーを拾い、再び旺角へ戻った。

旺角の街を歩いていると、辺り一面から、鼻が曲がりそうなほどの悪臭が漂ってきた。

「なに、このすごい臭い匂いは？　臭すぎる！」

それが何の匂いなのかは不明だったが、大量の「くさや」が匂いを発しているような感じだった。

恐らくその辺りには、乾物や漢方など様々な食品を扱う店が軒を連ねているので、それらの匂いが混ざり合い、辺り一面から漂ってくるのだろうとかもめは想像した。女人街まで行くと、その匂いはしなくなった。

女人街では雑貨などを扱う店がひしめき合い、ローカルの人々で賑わっていた。

ぶらっと一巡りしたがこれといって欲しいものは見つからなかった。それより食堂街のなかにある日本食の店先で、立て看板に書かれたインチキな日本語メニューのほうが目を引いた。わざとなのか間違ったカタカナで書かれていて、それがとても面白くて思わず笑ってしまった。

「帰りはまた地下鉄でチム・サーチョイへ戻る？　私達はタクシーがいいな」

疲れたのでむくとそういっていると、たまたまチム・サーチョイのバスターミナル行きの路線バスがやって来たので、迷わずそれに飛び乗った。

それは運よくオープントップ・バスで、一階席に乗ると、香港らしい華やかなネオンの海を眺めることができた。時には頭上すれすれに看板が流れていき、とてもエキサイティングだ。安い運賃で観光気分が味わえたのはラッキーだった。

「今日は胃の調子はどう？　今日はバイキングに行ける？」

「今日は昨日よりはいいから大丈夫そうだよ」

からすが聞いたので、かもめは答えた。

香港滞最終日なので、この日の夕食はちょっと豪華に五つ星ホテルのレストランのバイキングへ行くことにした。

向かったのは予め候補に挙げておいたマルコポーロ・香港というホテル。ハーバーシティーというショッピングセンターに直結していて、とても便利なロケーションにある。

レストランの店内はとても広く、モダンなインテリアが印象的だ。

和、洋、中、韓と揃い、料理の種類も多く、ずらりと並んで五十種類以上はありそうだった。

料理の見栄えもよく、味も極上だった。またディナーの途中では、一人に一つ、豪華なロブスターグリルも提供された。これはバイキングに含まれているものだ。

「ロブスターを食べるのは随分久々じゃない？　これを食べられるなんて最高！」

かもめは無類のエビ好きなので大感激し、このディナーにとても満足した。むくやからすも満足した様子だった。

（最後の夕食が良かったから、今回の旅行はまあ成功したっていえるかな）

かもめは密かにそう考えていた。

ホテルの部屋へ戻り、三人とも余韻に浸っていたかった。しかし翌日は帰国なので荷物を纏めなければならず、いきなり現実に引き戻されることになった。

ひたすらスーツケースに荷物を積み込み、急いで眠りについた。

帰国日の朝を迎えた。

フライトは午後三時過ぎの予定なので、本来ならホテルで朝食を取ることは十分に可能だったが、むくが寝坊したのと、かもめにはお土産をもう少し調達したいという気持ちがあったので、朝食を取るのはやめにした。

そしてタクシーで、チム・サーチョイ・イーストにあるＤＦＳギャラリアへと向かった。

お菓子やお茶を購入し、そのあとはかもめの一番の目当て、レスポートサックというバッグ専門店へ入った。

アメリカのブランドで、全てのバックがパラシュートの生地で作られていて、とても丈夫で機能的なことで有名だ。

レスポートサックは海外では、その国限定の商品を発売している場合があるので、もし香港限定品があれば、それを購入したいとかもめは考えていた。

売り場には沢山の素敵な柄のバッグが並んでいたが、かもめはその中の、定番にはないちょっと珍しいデザインで、柄も素敵なバッグに目を引かれた。

(もしかして香港限定品?)

そう思って早速店員さんに聞くと、それは正しく香港限定品だった。

かもめはそのバッグに一目惚れし、即購入した。そして思った。

(最終日にこんな素敵なバッグに出会えるなんて、今回の旅行はかなりラッキーだ!)

空港への送迎時間が迫ってきたので、そのあとはすぐにホテルの方へ戻り、出発までの一時を海に面したカフェで過ごした。

かもめがコーヒーを飲みながらスター・アベニューを眺めていると、服装が明らかに香港人とは違ってちょっと可笑しく、中国本土から来たのではないかと思える団体が溢れかえっているのが目に入った。

「景色が素晴らしいし欧米人が多いから、今は香港が中国になっていることを忘れていたけど、やっぱりここは紛れもない中国なんだね」

かもめは改めて認識したのだった。

現地係員との待ち合わせ時刻の正午にロビーへ行くと、すぐに係員がやってきて空港へ向けて出発した。

空港到着後はキャセイのカウンターまで案内してもらい、そこで現地係員とは別れた。

出国審査やセキュリティーチェックはかなり混雑しているというので、すぐにチェックイン・カウンターに並んだが、やはり長蛇の列。順番まで三十分以上は待たなければならず、おまけに搭乗ゲートは巨大空港の一番奥のかなり遠いほうだった。

「時間がないから、急がないと乗り遅れる！」

現地係員から、そこまでは徒歩で二十分は掛かると聞いていたので、焦りながら小走りで向かった。

そして搭乗の締め切り時刻間際に、何とか機内へと飛び込むことができた。

キャセイでは搭乗締め切り時刻になっても搭乗していない場合、何のアナウンスもなく搭乗を締め切るのは当たり前で、また搭乗ゲートが直前になって変更になることも珍しくないということだ。

だから時間的な余裕がある場合でも、搭乗するまでは安心できない飛行機なのである。

「香港は人が多いし慌ただしいから、とっても疲れたよ」

かもめはいった。しかしかもめだけでなく、初めて香港に来たむくもからすも、その喧騒のすごさに驚き、暑さに閉口した。そして香港はちょっと苦手だと感じた。しかし一方では、香港の活気とパワーに驚き、圧倒されるぐらい壮大で、ドラマティックな景色には魅せられ、とても感動したのも事実だった。

「香港へ来られたから、生きていて良かったと思ったよ！」

からすは脳梗塞を患ったのち、何とか社会復帰しようと頑張っていた頃の、辛かった記憶を思い返してそういった。

五、むくの進路決め

夏休みが終わって二学期が始まっても、むくの保健室登校は変わらなかった。

内部進学は不可能になったが、それでもかもめは、できれば教室へ行ってもらいたいという希望は捨てていなかった。

しかしむくの性格では、学年の途中から教室へ行くのは難しいだろうとも考えていたので、やはり無理強いはしなかった。

また進学に向け、近所の塾に週二回のペースで通い始めた。しかし、本人的にはあまり乗り気じゃなかったので時々さぼった。そして家では殆ど勉強しなかった。

「塾へ行くと、先生が学校でのことを聞くから行きたくない」

通い始めてから暫く経つと、むくはそういい始めた。

自分が不登校だということもあったが、実は入塾の時、「勉強が解らなくて恥ずかしいから、学年を一つ下に誤魔化して入りたい」むくがそういうので、一つ下の学年、中二で申し込みをしていた。それが原因になっていたようだ。

「このままだと受験が近づいても進路の相談ができなくて困るね。本当は学年が一つ上だということを正直に話したほうがいいんじゃない？　きっと塾長さんには分かってもらえるから大丈夫だよ」

むくは初め渋っていたが、そのままではやはり困ると思ったのか、暫くすると覚悟を決めたようで「わかった、白状するよ」といった。

そのことを塾長に話すと初め少し驚かれたが、すぐにむくの気持ちを理解してくれ、学年変更の手続きを取ってくれることになった。

しかしそれでもむくはやる気を見せず、進路の方向性さえ決まらないまま、受験シーズンが近づいた。

まあそれは、無理のないことかもしれなかった。むくの通う中学は中高一貫校なので、殆どの生徒は高校受験をしなかったし、学校や塾に友達がいるわけでもなかったのだから。

選択肢は少なかったが、一応都立の単位制高校や私立高校を何校か見学した。

しかしむくは全日制へ通う自信がないのか、結局一般的な高校受験はせず、受験シーズンが終わりを迎えた。

あとは中卒で終わるか、或は通信制高校か通信制サポート校へ進学するか、それぐらいしか選択肢は残されていなかった。

「中学を出られればそれでいいよ」

むくはそういった。

しかしかもめは、中学さえろくに通えていないのに高校へも行かなかったら、恐らくアルバイトさえも見つからないだろうと考え、むくにいった。

「通信制サポート校とか最近は増えてるみたいだから、きっと色々なシステムの学校があるよ。探せばきっと自分に合うと思う学校があるから、そういう学校を見つけて、何とか高校だけは卒業したほうがいいよ。中卒だとアルバイトだって少ないと思うよ」

かもめはむくを一生懸命説得した。

「わかったよ。行けそうな学校を探してみるよ」

やっとむくがその気になってくれたので、かもめは早速、通信制サポート校をインターネットで検索し、何校か選びだし、学校案内を取り寄せた。

それらを比較すると、学校によってシステムがかなり違うことがわかった。

全日制の普通高校のように、平日は毎日、朝から夕方まで授業があり、スクーリング単位はサポート校内のイベントに参加すれば完全に取得できてしまう学校や、通学は週三日で一日の授業時間は約三時間、スクーリングは母体の高校の合同授業に参加する学校など様々だ。制服も個性豊かだった。

またちょっと変わったところでは、幾つかのクラスの中から自分で好きなクラスを選べる学校など、選択肢は意外に幅広かった。

ただサポート校の場合、通信制高校の勉強をサポートするのが基本なので、サポート校とは別に、それぞれの学校が提携する通信制高校にも、同時に入学しなければならなかった。そのため、通信制高校とサポート校、両方の学費が必要で、どうしても、私立高校の学費用より、高額になってしまうのだった。

むくがサポート校を選択するにあたっては、スクーリング授業が、合宿等の泊りがけで行われるのではないということが、絶対条件だった。

その条件をクリアするサポート校は何校かあった。あとはその中で、登校時間が遅めで授業時間が短く、できるだけ出席が少なくて済む、更に制服の有無なども考慮して選択した。

「考えるのがすごく面倒くさい。高校なんか行かなくてもいいんじゃない？」

むくは投げやりにいった。

「そんなことを言わないで、できれば行ったほうがいいよ」

学校見学に行って話を聞いたり、学校案内とにらめっこをして、むくは何とか自分に合いそうな学校を選択することができた。むくが選んだのは、池袋にあるサポート校だった。

その頃二月も終わりに近づいていたので、かもめは急いでむくの中学へ行って受験に必要な調査書を依頼した。

それが出来上がるまでの間に、むくは願書と一緒に提出する志望動機の作文を、かもめは願書を、それぞれ作成した。

書類が整い次第、かもめはサポート校に願書を持参し、そして提出した。

「何とか、志望校が決まって良かったね。入学させてもらえるといいけど」

「大丈夫、きっと合格するよ」

かもめが心配そうにいうと、むくは自信たっぷりに答えた。

一週間後、サポート校から合否結果が届いた。

「どうだった？　合格してた？」

「合格だったよ。でもきっと、落ちる人なんかいないよ」

かもめも恐らくは、合格するだろうと考えていた。しかし、実際に合格証を手にするまでは、やはり心配だった。

何はともあれ、むくの卒業前に進路が決まり、新しい未来への道が開かれたことは、からす一家にとって、とても喜ばしいことだった。

しかし今後どこに住むのかといった住宅問題については、一向に解決していなかった。

相変わらずむくは、「元の家（本宅）に帰るなら死んだほうがまし」といい続けていたからだ。

住宅ローン、賃貸の家賃、そしてむくの学費等、様々な支払いの負担がからす一家の経済を逼迫させ、限界に近づいていた。

だから、更に賃貸生活を続けることは難しく、住宅問題に決着を付けざるを得ない時期にきていたのである。

かもめはこういった金銭の絡んだ問題は、自分で決めるしかないと思っていたので、カウンセラーには相談せず一人で考え、そしてある結論に達した。

（むくは続きの高校に内部進学するわけではないし、入学予定のサポート校は登校時間が遅いから、もう本宅へ戻ってそこから通ってもらうしかない）

そう決めたあとは、実行に移すだけだった。

六、むくの卒業式

中二になってすぐに不登校になり、その後休学して二年近く教室へは行けなかったむくだったが、通っていた中学で無事卒業できることになった。しかし卒業式に、むくが出席することはないだろう、とかもめは考えていた。

ところが校長先生の特別な計らいと、担任の先生の熱心な勧めのおかげで、意外にもむくは卒業式に出席することになった（といっても他の生徒達と一緒に、並んで式に参列するわけではなかったが……)。

卒業式は三月上旬で、当日は会場である体育館の、ステージ正面の二階に特別に席が用意されていた。

式が始まって少し経ってから、むくとかもめはそこに案内され、着席した。

すぐ側にも席が幾つか用意されていて、恐らくはむくと同じような不登校の生徒と、その母親が着席していた。かもめはその生徒を見るのは初めてだった。

卒業証書授与式は既に始まっていたが、むく達のクラスの順番はまだ来ていなかった。

やがてむく達のクラスの番になり、クラスメート全員が起立したのがわかった。

かもめはむくの順番になったとしても、まさかむくが呼ばれるとは思っていなかった。なぜなら、クラスの列には並んでいなかったからだ。しかしはっきりと、むくは名前を呼ばれた。かもめは一瞬耳を疑ったが、それは空耳ではなかった。二人とも信じられない気持ちと同時に、とても嬉しかった。

様々なことがあったが、かもめはむくが転校しないで、この学校で卒業式を迎えることができて良かった、と心から思った。

そのあとは来賓の方々や先生方の挨拶、在校生や卒業生代表の挨拶、そして合唱部の歌へと続いた。

むくの学校の合唱部は、全国合唱コンクールに参加し、何度も賞を受賞するほどの実力がある。

改めて聴くとその演奏はやはり素晴らしく、感慨深かった。そして最後にそれを聴けたのは、幸運だとかもめは思った。

式のあとは更なる幸運、かもめを感動させる出来事が待ち受けていた。

「校長先生が、これから卒業式をやってくださるそうです」

卒業式終了後、担任の先生がむく達のところへやってきてそういった。そして少し経ってから、もう一人の生徒やその保護者と一緒に、校長室へ案内された。

校長室に入ると、校長先生だけでなく、教頭先生や、学年主任も待っていて、むく達を迎えてくれた。

「卒業おめでとう！　今日はあなた方が卒業式に参加してくれたことを、先生はとても嬉しく思っています。あなた方二人は三年間この学校で頑張り、苦しい時にもそれを乗り越えてきたので、今日立派に卒業することができました。ですから、自信を持って未来へ向かって進んでいってください。もしこれから先、辛いことがあったり苦しい時には、この学校でのことを思い出してくださ い。ご両親は勿論、担任の先生や学校に相談に来てもいいのですよ。できる限りのお手伝いをするつもりでいますから。それから今日お家に帰ったら、卒業まで応援してくださったご両親にお礼を言いましょう」

校長先生はそんな話をしたあと、むくともう一人の生徒に直接、卒業証書を手渡してくれた。

「今日はすごく感動したね！　二人の生徒のためだけに、卒業式をやってくれるなんて全く考えていなかったから、ちょっとびっくりしたけど、とっても嬉しかったよ。この学校に入学して、同じ学校で卒業できて本当に良かったね。もし途中で転校していたら、きっと自分がどこの学校に通っていたかわからなくなっていたと思うよ。本当に、卒業おめでとう！」

かもめは心の底からむくを祝福した。

「うん、あとから卒業式を、校長室でやってくれたのにはびっくりしたよ。一年の時の担任は最悪だったけど、この学校は悪い学校じゃなかった気がする」

かもめもむくも最後の最後になって、学校についての評価を高くしたのだった。

春休みに入るとすぐ、かもめは覚悟を決めて、秘かに温めておいた本宅への引越し計画をむくに伝えた。するとむくは、

「あんな所に帰ったら、もう終わりだ！　恥ずかしくて外を歩けないから、もう死ぬしかない！」

案の状、いつもの捨て台詞を吐いた。

しかしかもめには、それ以上賃貸生活を続けるつもりは毛頭無かったので、むくが何と言おうと無視し、計画を実行するつもりだった。

本宅への引越しは三月下旬に決行した。

当初半年ぐらいの予定で始めた賃貸生活が、結局約二年半にも及んだので、いつの間にか荷物が増えてしまっていた。手配した二トン車のロングでもやっとという量だった。

「運んできた荷物が随分部屋に溢れたね、ぞっとするよ！」

想像以上に荷物でごった返したので、かもめは悲鳴を上げた。それでも本宅は６ＳＬＤＫの間取りで、スペース的にはかなり余裕があったので、何とか納めることができた。

第九章　旅立ち

一、むく、アスペルガー症候群と診断される

通信制サポート校への入学する日が近づくにつれ、むくは入学後の学校生活や友人とのコミュニケーションについて、再び気になり始めたのだった。

「私はやっぱり、自分はアスペルガーだと思う。人と関わるのがすごく苦手で、集団の中にいるとどうしていいかわからなくなる。それにパニックになると頭の中が真っ白で、可笑しくなる。サポート校に入学する前に、どうしてももう一度、専門の病院で検査したい」

むくは毎日、それをかもめに懇願した。

かもめはむくの気持ちがわからないわけではなかったが、発達障害専門の病院や機関はとても少なく、探すこと自体がかなり大変だったし、探せる自信もなかった。

また今度こそ、むくがアスペルガー症候群と診断されるかもしれないと思うと、正直いって検査を受けさせることには、些か躊躇した。できれば前回の検査の診断結果「注意欠陥多動性障害」のままにしておきたいという気持ちもあった。しかし毎日、むくがしつこく迫ってくるので、か

もめは閉口した。

ある日、むくとカウンセリングを受けに行き、帰りに近くの古本屋へ立ち寄った。そしてたまたま、ある本を見つけた。その本は、自分自身が「注意欠陥多動性障害」である女医さんの著書で、その障害の特徴や診断方法だけでなく、アスペルガー症候群など、その他の発達障害についても触れていた。また、その医師の開業するクリニックの名前や住所も書かれていた。

（これは天の助けだ！）

かもめは目から鱗が落ちる思いで、その本を購入した。

早速その本を読み、数日後にはそこに書かれているクリニックに電話を掛け、アスペルガー症候群の検査について問い合わせた。すると、すぐには検査の予約がいっぱいなので無理だが、二週間ぐらい先からなら予約が可能だ、との答えが返ってきた。

当日の検査は、初めに医師と三人での面談、次に本人の、発達バランスを調べる検査、最後に臨床心理士と本人との面談、そういった流れで行われると伝えられた。また事前に、クリニックから送られてくる質問票に保護者が回答し、送り返しておく必要があるとのことだった。

気になっていた、検査費用についても質問した。

「全ての検査と診断料、合わせて三万円です。それから、一旦予約したあとにそちらのご都合でキャンセルされる場合には、検査代の半額、一万五千円をお支払いいただくことになります。よくご検討されてから、ご予約いただきたいと思います」

検査代が想像していたより高額だったので、かもめは驚き、そして躊躇した。

(まじー？　本当にむくは検査を受けるつもりなのかな？　できれば気が変わったからやめたっていってくれないかな)

かもめはむくの気持ちが変わることを祈った。しかしそうはならなかったので、かもめは覚悟を決め、検査の予約を取った。

検査当日、何とかむくと二人でクリニックへ向かうことができた。二人ともとても緊張していた。

医師の著書に書いてあったとおり女医さんで、年齢は五十歳前後、どちらかというとぶっきらぼうで、ちょっと高慢な感じがした。そして、ぽっちゃり型の体型にも関わらず、ミニスカートにハイヒールを履いているのが印象的だった。

「あの先生、太っているのにハイヒールを履いてコツコツ音をさせてる。気取っているみたいでなんか嫌な感じがした」

あとからむくがいったが、かもめも同じように感じていた。

医師との面談は三十分ぐらいで終わった。そのあとはむく一人で検査を受けるので、かもめはそれから一時間半ぐらい、外で時間を潰して待っていた。

「検査の結果は一週間後になります。それを聞きに来る時にはお二人でも、或はお母様お一人で来られても結構です」

検査の終わりに医師がいった。

検査結果を聞く日になると、

「一緒に行って聞くのはやっぱり怖い」

むくがそういった。かもめも結果を聞くのは勇気がいったが、仕方なく一人で向かった。

診察室に入り、その一週間のむくの様子を簡単に伝えた後、検査結果のほうへ話が移った。

医師から、発達のバランスについての検査結果の用紙を見せられた。その結果で言語能力、注意力、認知能力、そして想像力などがほぼわかるのである。

むくの場合、それを見る限りでは、言語能力や注意能力は同年代の子供の平均より高く、想像力や認知能力は著しく低かった。特に認知能力に関しては、十段階のうちの一、というぐらいの低さだった。

「この検査結果では、お嬢さんは想像力や認知能力が低いですが、言語能力は高い、そういった特徴が現れています」

「それだとどういう診断になるんでしょう?」

「認知能力など低いものもありますが、言語能力はとても高く、発達のバランスが偏っています。これらに面談での話や臨床心理士の方の意見を考慮すると、お嬢さんはアスペルガー症候群ということになります」

「そうなんですか? でも以前の検査では、注意欠陥障害と診断されたのですが」

かもめは納得がいかず、切り返した。

「この注意力のところを見てください。注意力は低くありません。むしろ高い方です。人とのトラブルを度々起こしてしまったり、コミュニケーションが難しいとのことですが、これは想像力や認知能力が低いことが恐らく原因でしょう。全体的に発達がアンバランスというのはアスペルガー症候群に限らず、発達障害の方々全般的にいえることですが、言語能力が特に高いというのは、アスペルガー症候群の大きな特徴です」

「そうなんですか」

医師に説明されても、かもめには、すぐに信じられるわけはなかった。いや、信じたくないといったほうが正しいかもしれなかった。

それだけでなく、医師の口からは更にショッキングな言葉が飛び出した。

「知能検査の結果ですが、お嬢さんは七十五ぐらいのところに位置しています。これはちょうど知的障害との境目ということになります」

「本当ですか？ それはちょっと考えたことありませんでした。勉強の成績はずっと良いほうで、中学受験の時の偏差値も低いほうではありませんでした。それなのに、知能指数が低いということがあるのですか？」

かもめには、アスペルガー症候群と診断されたことよりショックで、ハンマーで頭を殴られたような気分だった。そして、絶対に信じられないと思った。

「お嬢さんは理科や家庭科の授業で、器具を使うのが苦手で苦労されたということですが、これらは想像力にも関係ありますが、知能的な面も影響しているのではないでしょうか。知能検査の結果については、本人が知りたいといわなければ、あえて伝えないほうがよいかしれませんね」

「そうですよね」

かもめは気のない返事をした。むくの知能が知的障害との境界線上にあると告げられても、到底、簡単に信じられるわけはなかった。

二、高校生になったむく

むくが通う予定の通信制サポート校の入学式が、四月上旬、都内の某一流ホテルで行われた。

そのサポート校は池袋にあり、池袋校だけだと新入生は二十人程度と少ない。しかし都内には幾つかの姉妹校があり、それらすべてが合同で入学式を行ったので、全体では新入生が百人近くになり、何とか入学式の体裁を整えていた。

集まった生徒達は、地味でおとなしそうなタイプから、キャバクラ嬢並にド派手なギャルまで様々だった。

サポート校の入学式は、全日制の普通高校に比べて先生方や来賓の方々の人数が少なく、父母会なども存在していないので、一時間足らずで終わってしまった。

あまりにもあっけないので、何もこんな一流ホテルで入学式をやらなくてもいいのに、またこの学校は、お金だけを掛ければいいと思っているのかもしれないと、かもめは思った。しかし、中学卒業さえも危ぶまれ、高校入学などは夢のまた夢、と思っていたむくが入学式に出席しているのはとても嬉しく、このホテルでの式に参加できて良かったような気もした。

サポート校の一年生は、平日ほぼ毎日、午前十時から午後三時まで授業があった。しかしむくはこの学校でも週二日ぐらいしか登校せず、午後の授業にはただの一度も参加しなかった。

それでも中学時代の不登校の状況と比べるとかなりの進歩で、入学後すぐに友達もできたので、かもめは順調な滑り出しだと思った。

「友達ができて良かったね。大事にしたほうがいいよ」

むくの話では、その友達は小学校四年生から不登校だというが（恐らく苛めが原因）、高校入学を機に、毎日学校へ登校するようになった。彼女はむくにとても優しく接してくれていた。

彼女の母親は、学校への登下校をとても心配し、毎日学校まで送迎する、徹底した過保護ぶりだった。

彼女の場合、六年近く不登校で、徒歩での通学は勿論、電車通学の経験は全く無かったし、集団生活も暫くしていなかったので、母親が心配するのも無理はなかった。

サポート校へ通う生徒達の中には小中学校時代に、苛めや、それが原因での不登校経験者が多かったのである。しかし、それぞれが悩みや苦労を抱えつつも、何とか人生に立ち向かおうとしていた。

本宅に戻ったむくは、小学校時代の嫌な思い出や記憶が原因での、フラッシュバックと闘っていた。また、小学校時代の友人達に会うのを極端に嫌がり、外へ出かける時には人に見られてもわからないよう、サングラスにマスクを着けて変装していた。

「こんな所に住むのは、嫌でしかたがない！」

そう言いながらもむくは、何とか自分の人生を変えていこうと頑張っていた。

一方本宅に戻ってからのからすは、環境の変化や通勤時間が長くなったこと、また脳梗塞の後遺症で融通性が低下するなど、様々な要因が重なったのが原因か、以前にもまして精神的に不安定になった。ちょっとしたことですぐに切れ、激怒することも珍しくなかった。

本宅へ引っ越す少し前のことだが、些細なことが原因で、かもめはからすと喧嘩になった。その後喧嘩が収まり、からすとファミリーレストランへ食事に出かけた。

二人とも何も喋らず、食事が運ばれて来るのを待っていた。

からすの後ろの席には、小学生同士のグループが座っていて、椅子をがたがたさせたり、少し大きな声を出して騒いでいた。

その様子にいらいらしたからすが、突如切れて怒り出した。そしてその小学生達の耳元に顔を近づけ、とんでもない大声で叫び始めた。

「謝れー！　謝れー！」

からすはその時、一瞬にしてパニック状態に陥ってしまったようで、精神状態が普通ではなくなっていた。

からすの様子に店内のお客さん達の動きが止り、全員が固まったようになった。しかし店員さんは慌ててからすの所へ飛んできて、事情を聞いた。

だが我を忘れ、何かに取りつかれたようになったからすはいった。

「椅子をガタガタさせぶつかってきたんです。まだ謝ってもらっていないので、親を呼んで謝らせてください！」

「気持ちはわかりますが、相手は小学生なんですから。君たちは謝っていないの？ もしまだなら謝って」

それでも小学生達が、わけがわからないといった顔をしていると、再びからすが小学生達の耳元で叫び始めた。

「謝れー！ 謝れー！」

その剣幕に驚いた小学生達は、今度はすぐにからすに謝った。

十五分ぐらい、からすの気持ちは収まらなかったが、暫く経つと流石に落ち着いたようで我に返った。そして何事も無かったかのように食事をし始めた。

恐らくからすは、かもめとの喧嘩で精神的ストレスを感じていた。そこへ小学生達の騒ぎによって更なるストレスが加わったことで精神状態が極限に達し、突如切れてしまったのだろう、かもめはそんなふうに推測した。

そしてこんな事件を起こしても、自分のしたことがなんら可笑しいとは思わず、無意識で何をしたのかも殆ど覚えていないからすのことを、絶対に普通の領域の人ではないと確信したのだった。

それ以外にもからすは、様々な問題事を振りまく、トラブルメーカーと化した。

かもめはいつ怒り出すかわからないからすに冷や冷やし、常にストレスを抱えることになった。

そして、日々それが増していった。

そんなからすの様子や行動を観察したり、過去の行動や言動の数々を思い起こして考えれば考えるほど、かもめはその行動や言動全般、そして気質が、アスペルガー症候群など自閉症の特徴とかなりの度合いで一致していると、強く感じるようになった。

またむくが高校へ入学したばかりの頃、アスペルガー症候群と診断されたこともあり、かもめがずっと以前からからすに対して抱いていた、もしかしたら自閉症かもしれない、そんな疑いを更に濃くした。

そしてこれを機会に、からすと結婚してから現在に至るまでの、からすの可笑しな言動や異常行動、家族間のトラブルについて、改めて思い返してみよう思ったのである。

三、からすの性格的特徴と家族間トラブル

結婚後、からすと出かけた新婚旅行先のハワイでは、互いの考え方やからすの妙な拘り、行動面の違いから、トラブルが続出し、喧嘩ばかりしていた。

帰国後、婚姻届けを提出しようとからすと役所へ行くと、そこでもまたトラブルになった。本来、その提出にあたっては、事前に証人の欄にサインをもらっておくべきところ、それをしていなかったからだ。

それなら、後日書類を整えてから提出すれば済むことだったが、その日のうちに提出できないと大変だ、と焦ったからすは怒り出した。そしていった。

「誰でもいいからサインしてもらって提出すればいい。婚姻届けは単なる形式なんだから」

かもめはそれを聞いて唖然とした。しかし、そんなことはおかまいなしのからす。

そしてたまたま役所に来ていたカップルを捕まえ、無理やり証人の欄にサインさせ、それを役所に提出してしまった。

恐ろしく常識はずれで、他人の目や思惑など全く気にしない様子に得体の知れない恐ろしさを感じ、ただただ、呆れるばかりだった。

新婚生活を始めると、からすの行動は極端にマイペースで、かもめは振り回されることになっ

た。

例えば週末の土日、これはほぼ毎週だったのだが、朝起きるとからすは、一人でパンなどかじってさっさとゴルフの打ちっぱなしへ練習に出かけ、帰宅するのはいつも昼過ぎだった。それ以外の時も、かもめと一緒に過ごしたり、行動するのをできるだけ避け、関わらないようにしているようだった。

食事や用事以外はいつも自分の部屋に籠って過ごし、殆ど自分から会話を交わそうとはしなかった。

当時、かもめの両親がすぐ近くに住んでいたので、時々皆で食事に出かけたりしたが、そんな時もからすは、かもめの両親にろくに挨拶せず、殆ど会話らしい会話もしなかった。それどころか、自分の仕事で気になることがあったりすると、イライラして突然帰ると言い出すこともあった。

結婚したにも関わらず、からすがコミュニケーションを取ることを避けようとするので、

「なぜ会話もしないし関わろうとしないの、そんなの可笑しいよ！」

かもめは度々詰め寄った。

するとその度に必ず喧嘩に発展し、からすが突然切れて怒り出した。

喧嘩がエスカレートしてパニックに陥ると（その当時かもめは、そんな時のからすがパニックに陥っているのだとは、わかっていなかった）、住んでいたマンションの窓を全開にしてベランダ

へ出た。そして、寝ている人も飛び起きるぐらいの大声で、深夜だろうとおかまいなしに「助けてー！　助けてー！」と叫んだ。

自分自身の気が収まるまで、一時間ぐらい、平気でそれを続けた。

ある時、同様の原因で喧嘩になり、自分自身では対処しきれなくなり、コントロールを失ったからすは警察へ通報して助けを求めた。

やってきた警察官に向かってからすは、

「自分の身に危険が迫っているから、助けを求めました。緊急避難です！」

そんなわけのわからないことを真面目にいった。

一時間近く警察官に話し続け、からすが多少落ち着きを取り戻したところで、警察官は帰っていった。しかし帰り際、警察官はかもめに向かっていった。

「ご主人の精神状態は大丈夫ですか？　夫婦間のことで警察に助けを求めるのは普通女性で、男性にはいません。一度病院に掛かってみたほうが良いかもしれませんよ」

それを聞いたかもめは、やはりからすにはどこか可笑しいところがあるのだろうと思った。

しかしそれは精神的なものというより、性格的、或いは人格的に問題があるのではないかという気がした。そして、もしかしたらからすには、自閉的傾向があるのかもしれないとも感じ始めていた。

かもめの母親もその頃既に、からすのことを自閉症ではないかと疑っていた。

むくが産まれてからは、更にからすの可笑しな性格や行動が目立つようになり、時として、それは異常行動となって表れた。

むくが生後数ヶ月経った頃、大泣きになったことがあった。

その様子を見てもからすが知らん顔をしているので、かもめは文句を言った。すると何故か突然切れた。そしてむくの耳元に顔を近づけ、ものすごい大声で「ワーッ！ワーッ！」と叫んだ。その狂気的な様子に、かもめは一瞬凍りついた。

恐らくからすは、むくの泣き声に反応し、一瞬にしてパニック状態に陥ってしまったのだ。

普通の人は、そんなことをしたら更に子供が大泣きになると思うだろうし、鼓膜が破れたら大変だと考えて、まずそんなことはしないだろう。だがからすは違った。そのままにしていたら叫び続けると思ったかもめは、怒鳴ってからすを止めた。するとからすは、ハッと我に戻った。

車の運転中に、からすが異常な行動を取ることも度々あった。

右折しようと交差点内で停止していると、運悪く信号が赤に変わってしまった。

そういう場合、可能なら停止線のほうへ下がるか、交差点内の、他の交通の妨げにならない位置へ移動するなど配慮するものだ。しかしからすは、固まって動かなくなった。

自分と交差する側の車が動き始めると、焦ってパニックを起こし、突如クラクションを、大音響で鳴らし始めた。そして信号が変わって自分が進む時まで、何分も鳴らし続けた。

そんな時はかもめがいくら止めるようにいっても、からすは聞く耳を持たなかった。

あとからなぜそんなことをしたのか聞くと、「交差する側の車が走って来て危険だから。危険回避のため」悪びれる様子もなくいった。

また状況は違うが、やはりからすが車を運転していた時、狭い道路で他の車とすれ違えなくなった。

身動きが取れなくなったからすはその時もパニックに陥り、その場で固まり、頑として動こうとしなかった。そして、更なる交通渋滞を引き起こした。

またからすは想像力が多少欠如しているのか、子供の周りの危険にも気を配ることができず、むくの幼少期には尖ったはさみやカッターなど、危険な物をすぐ側に置いて平気な顔をしていた。

からすとの日常生活ではこういった類いのトラブルは日常茶飯事で、トラブルの無い日のほうが珍しいぐらいだったのである。

むくは年齢が上がるにつれ、からすの可笑しな言動や行動に怖さを感じ、避けるようになっていった。

そんなからすとむくとの間には、普通の親子のような関係は殆ど存在しなかった。

むくは普通に会話ができたが、からすはとにかく会話が苦手なので、たまに話すことがあっても殆ど会話は成り立たなかった。それも原因の一つだった。

またむくに対する関心も希薄で、教育や躾にも無頓着だった。だから小学校六年間の、むくの担任の先生の名前すら知らないままだった。

かもめはこれらの、からすの可笑しな行動や言葉の暴力にさんざん振り回され、苦労し続けてきた。だからここまできたら、それらの原因が自閉症によるものなのか、或は全く別の原因があるのか、とにかくその真実をどうしても知りたい、はっきりさせたいと強く考えるようになっていった。

四、からすは高機能自閉症だった

からすの真実を知ってどうなるわけでも、またどうこうしようという気持ちもかもめにはなかった。ただ結婚して以来、いつもからすとのトラブルに悩まされ、普通の家庭のような穏やかな生活とはほぼ無縁の状態だった。

心の底から楽しい、幸せだと感じたことは殆どなかったので、それらの原因が何なのか、それだけはどうしても知りたい、知る権利があると考えるようになった。

そしてからすに、自閉症かどうかの検査を受けてもらって事実をはっきりさせれば、からすと家族との関係を多少でも改善でき、良い方向へ向かうことができるかもしれない、かもめはそう思ったのである。

むくがアスペルガー症候群の診断を受けたクリニックに、かもめは時々、むくの代わりに相談をしに通っていた。だから、からすもそのクリニックで検査を受けることができれば好都合だと考え、ある日医師にそれについて聞いた。しかし、医師からは断られてしまった。

「親子で検査を受けたいという場合でも、こちらでは親御さんのほうの検査は受けないことにしていますので、別の病院で診察や検査を受けてください」

「そうですか。では、どこか検査を受けられる病院をご存知でしたら、教えていただきたいのですが」

かもめが聞くと、医師は某大学病院の精神科を紹介してくれた。

かもめが検査のことをからすに話すと了解してくれ、その病院で検査を受けることになった。

かもめは早速、病院に予約の電話を掛けた。しかしかなり混み合っていて、初診の予約が取れたのは約一ヶ月後だった。

「何を話せばいいのかわからないから一緒に行って」

からすがそういうので、かもめはしかたなく、付き添って大学病院へ向かった。

病院ではからすと一緒に、かもめも診察室へ入った。

診察室には色黒でごつい感じの、かなり無愛想な男性医師が待っていた。

かもめは説明の苦手なからすに代わって、結婚した頃からの可笑しな言動や異常行動、日常生活ではからすとコミュニケーションが取りづらいこと、また脳梗塞を患ったことなどを医師に伝えた。

「大人の自閉症の検査はとても難しいのです。生まれた頃からの様子が詳しくわからないと、正確な判定ができないからです。ご主人のお母さんに来てもらって、子供の頃からのことを聞ければ一番良いのですが。お母さんは生きていますか？」

「母はまだ元気ですが、遠くに住んでいるので、ここまで来るのは難しいです。でも近いうちに話を聞いてくることはできます」

「そうですか。それから、小中学校時代の通知表はまだとってありますか？　あれば持ってきてください」

「通知表は、まだ実家にとってあると思います」

（生きていますかだって？　随分失礼な言い方をする医師だ！　常識的な人間だったら、普通はご健在ですかとかお元気ですか、そういうふうに聞くものじゃない？　失礼なだけじゃなく、すごく感じが悪いから、もしかしたらこの先生自身がアスペルガーかもしれない）

かもめは直感した。

そのことをあとからからすに話すと、からすもその時、同じことを感じていたといった。

その日は初診なので問診が中心で、そのあとはからすが言語に関する簡単な検査を受け、それで終了した。

次回の予約は一週間後になり、間に合えばその時に、からすが通知表を持参することになった。

二度目の診察も、かもめはからすに付き添っていった。

その日は残念ながら通知表は持参できなかったが、からすは自閉症に関する別の検査を受けることができた。

そのあとはからす本人が困っていること、家庭生活でかもめが困っていることなどを医師に相談し、それらに関するアドバイスも受けた。また医師はかもめに、からすに関する質問をした。

「ご主人は何かあった時などに、動きが止まって固まることがありますか？」

「そういうことはよくあります。多分、パニックに陥っている時だと思いますが。それから、髪の毛をむしったり、同じ行動を取り続けたりもします」

「そうですか。今日の検査では、ご主人には自閉症の特徴が表れています。ですが、前回もお伝えしたように、大人の場合の診断は難しいので、更に詳しい検査をしてからでないと、はっきりとしたことはいえません」

検査結果や二人の話を聞き、診察の最後に医師がいった。

次回の診察は二週間後になり、医師からは自閉症に関する、別の検査のための質問用紙を渡された。

この検査は、からすの生後から中学ぐらいまでの様子についての詳細を把握するためのものだ。からすの母親に、質問に沿って詳細に回答してもらい、それを次回の診察時に持参するのだ。

翌週末、からすはそれを持って実家へ行き、母親に回答してもらった。また実家からは、通知表も持参した。

「いったい、この通知表は何？　小学校から中学までのどの通知表にも、人との協調性が無いって書いてあるよ。それに中学の時の体育の成績は一になってるけど、これって本当!? 真面目にやってもそうだったの?」

「人と協力してやるようなスポーツとか理科の実験が苦手で、できなかった。いつも見ているだけだったから」

からすは少し恥ずかしそうにいった。

理科の実験が苦手なのはむくも同じだが、むくの小学校の時の体育の成績はずっと普通だったし、特に協調性が無いと担任から指摘されたこともなかった。だからからすのほうがある意味で、むくよりも問題がありそうだとかもめは感じた。

「やけに難しい言葉を使ったり、屁理屈が多いって書いてあるよ」

からすの通知表を一通り眺め終わったかもめは、社会性や協調性が一般的なレベルより遥かに低い事実に驚くと同時に、とてもがっかりした。そして、自閉症的な特徴が顕著に現れていると、認識せざるを得なかった。

(とうとう今日は、からすに診断がくだされるのだ。結果はだいたい想像がつくけど、やっぱり診断名を聞くのは怖い)

かもめは緊張しながら、からすと一緒に大学病院へ出かけていった。

からすが名前を呼ばれて中へ入ると、医師はからすに聞いた。

「前回お渡ししたお薬はどうでしたか?」

薬など渡されていなかったので、変なことを聞くな、と二人で怪訝な顔をしていると、奥から看護師さんが慌てて飛んできていった。

「先生、このカルテは違う患者さんのです」

医師はすぐにカルテの名前を見て、その名前をからすに確認した。

「あなた、○○さんじゃないんですか?」

「違います」

からすがいうと、

「名前が似ていたのに、診察室に入ってきた時に確認しなくて、すみませんでした」

医師は少しきまり悪そうに、からすに謝罪した。そして看護師さんにいった。

「○○さんには、間違えたことをいわないでね」

(人間だから間違えることがないとはいえないが、仮にも精神科医が、ごく最近、二回も診察した患者の顔を覚えていないなんてことがあるのだろうか? 対面した時に、別の患者との区別が付かないなんてちょっと信じられない。患者の顔を覚えられないなんて、やっぱりこの先生はアスペルガー症候群に違いない!)

かもめはそう確信した。そしてアスペルガー症候群かどうかは別としても、医師としての資質を疑いたくなった。

からすは実家から持参した通知表と、母親が回答した検査用紙を医師に渡した。

一通り眺めたあと、医師はからすに質問した。

「あなた、体育が一だったんですか？　運動苦手なんですか？」

「あまり得意ではないですけど、普通にはやってました」

「そうなんですか。普通にやって、一はなかなか取れないものですが」

医師はちょっと小馬鹿にしたようにいった。

確かにかもめも、一はそう簡単に取れるものではないと思っていたので、どうすれば取れるのか、教えてもらいたいところだった。

「通知表には、中学、高校ともに協調性や社会性がとても低いと書いてありますね。それから、屁理屈や難しい言葉を使うことが多かったみたいですが」

そういったあと、今度は検査用紙のほうへ目を移した。

「言葉の遅れがあって、歩き始めるのも遅かったのですね。通知表とこの検査の結果を見ると、かなり自閉症の特徴が表れていますね。アスペルガー症候群の場合、一般的に言葉の遅れがないのですが、あなたの場合は遅れがあったようですから、アスペルガー症候群ではなく、高機能自閉症ということになります」

「高機能自閉症ですか！？」

（やっぱり自閉症だったのか！？　アスペルガー症候群かもしれないと思っていたけど、高機能自閉症だったとは。いったい、どういうふうに違うのだろう？　どちらにしろ、自閉症だということに変わりはない。それにしても、むくだけでなく、からすまでもが自閉症だったとはね。でもこれで、いつもからすが、会話とは無関係なほうへ話を飛ばしたり、会話が成り立たなかった理由がわかった。それにしても、からすのように偏差値が高く、一流大学を卒業してちゃんとした会社に就職をしている人が高機能自閉症とは驚いた！）

かもめは恐らく、からすはアスペルガー症候群と診断されるだろうと考えていたので、それについての心の準備はそれなりに整っていた。しかし同じ自閉症でも、高機能自閉症と診断されるとは予想外だった。

アスペルガー症候群より、高機能自閉症のほうが自閉症度が高く、コミュニケーションが難しいのではないかという気がして、些かショックを受けたのだった。

からすについての真実を知ることは、かもめにとって重要なことだった。しかし、アスペルガー症候群、高機能自閉症、どちらであれからすに対して、「自閉症スペクトラム」であるという診断を、してもらいたくはなかった。

むくだけでなく、からすまでもが自閉症だという事実、そのことはかもめの心に重くのしかかった。そしてこれからも恐らく変わらず、同じような状態であろうからすと生活していくことは、かもめにとって耐え難い地獄に思えた。

からすも自分についての真実を知り、かなりのショックを受けた。そして自分が、自閉症であるという事実を受け止めるまでには、かなりの時間を要した。

しかしその事実を知ったことは、からすにとってマイナスにはならなかったようだ。

それまで、対人コミュニケーションや行動面で、自分自身が計り知れない苦労をし、努力を重ね続けなければならなかった理由がわかり、むしろ安心し、納得していた。

「努力して一生懸命やっても、人付き合いが他の人達のように上手くはできなかった。上司からはいつも、『もっと、人付き合いをしないとだめだよ』っていわれるけど、どうやって付き合えばいいのかわからない。仕事でも、いい加減にやってても要領が良くて、人付き合いの上手い人達だけがいつも上司からの引き立てを受ける。でも自分は要領が悪いから、いくら一生懸命仕事をしても認められない。ずっと可笑しいと思ってたよ」

自分が長い間疑問に感じていたことの謎が解け、それらの悩みから解放されたことで、ある意味からすは、ほっとしたようだった。

からすが検査を受け、「高機能自閉症」という診断がくだされたことが果たして吉と出るのか凶と出るのか、この時点では全く、かもめには想像がつかなかったが、恐らくこの先も暗闇のような状態は続くだろうとは感じていた。

そしてむくの将来を考えたり、自分自身が働いて自立することが難しい現状を考え併せると、これからも何とか三人で家族として頑張っていくしかない、かもめは改めて、そう認識せざるを得なかったのである。

からすは言葉でのコミュニケーションが難しく、パニックを起こした時などは最悪の状態に陥るが、その本質は心優しい善人だ。性格的にも前向きで人一倍の努力家でもある。それに、自分自身にだって欠点は沢山あるのだから、これからは気持ちを入れ替え、少しでもからすやむくのことを理解する努力をしよう、かもめはそう考え、何とか前向きに頑張っていこうと決意したのである。

そして数々の、苦難や試練を乗り越えた時、自分自身が一回り成長し、良い人生を歩んでいけるかもしれない、かもめはそう思った。

そうやって生きていくこと、それには何かしらの意味があり、天から自分自身に与えられた試練なのだ、そんな気さえしていた。

むくが私立中学に入学し、からすが「高機能自閉症」の診断を受けるまでの期間は、三年ちょっとだった。

しかしその間にはからすが脳梗塞を発症、むくの携帯電話事件、不登校、鬱病、そして二重生活など、様々な出来事が続発した。だからかもめには、少なくとも、実際の二倍以上の時間が経過したように思えた。

それらが楽しく充実していて、素晴らしい思い出ばかりだったとしたら、こんな嬉しい、幸せなことはなかっただろう。しかし実際には、辛く苦しい日々ばかりの連続で、かもめの脳裏に刻まれたのは、そんな苦い記憶ばかりだった。そして、月日は空しく過ぎ去っていった。

しかし長い人生、あとから振り返った時、きっとそれらも貴重な思い出として、記憶されているに違いない。

人生とは楽しい時や苦しい時、良い思い出や悪い思い出、それらを全てひっくるめたものなのだから。

その三年の間で、もし苦しく辛い記憶以外のものを探すとしたら、それは再び経験することはできないであろう、大都会での生活を少しだけでも満喫できたことや、本宅と賃貸マンションとの二重生活、更に別のマンションへ移り住み、まるで旅がらすのような、ちょっと変わった生活を送った記憶かもしれない。

これらの経験によって人生勉強になり、発見や感動したことは数えきれないほどあった。

また互いの良い面、悪い面を認識し、多少は理解することができた。

それらはあまりにも膨大な量になり過ぎて、全て書き記すことは難しいが、この物語に書いたことは紛れもない事実で、からす一家が波乱万丈の運命、苦難の数々と戦って生きてきた証しである。

今後また、どんな不幸が待ち受けているかはわからないし、再び苦境に立たされることになるかもしれない。しかし、家族で一生懸命現実と闘ってきたことを忘れず、これからの新たな未来にも立ち向かっていこうと、かもめは考えている。

それからこの三年間で、からすについてかもめが発見したことは数えきれない。

それらは良いことより、むしろ悪い事のほうが多く、それによってかもめは嫌な思いを沢山した。

しかし、からすのことを素晴らしいと感じ、尊敬の気持ちさえ抱いた事もある。それは脳梗塞を発症し、重度の嚥下障害に陥りながらも社会復帰し、自分や家族の為に人一倍頑張り、並々ならぬ努力をし続けていることだ。

かもめは自分がその立場だったら、恐らくからすと同じように頑張ることはできないだろう。からすは人並みに、家族を守ろうという責任感は持ち合わせているが、何よりもからすを突き動かしているのは自閉症故の物事への拘りであり、それがとてつもないパワーを発揮しているのだとかもめは感じている。

また建設的な思考もプラスに働き、良い方向へ向かうことができたのではないだろうか。

ある意味自閉症の人達は、普通の人達には無い、素晴らしい能力を持ち合わせているのである。

そういった経験を通して三人それぞれが苦境を乗り越えたことで、少しは人間的に成長し、人間力を高めることができた。

それらはとても素晴らしい、インパクトの強い事柄として、かもめの、そしてからすやむくの脳裏に鮮明に焼き付けられている。

それらの経験が今後の人生において、いつかきっと役立つ時がくるに違いない、かもめはそう信じている。

むくがサポート校に入学すると同時に三人で本宅へ戻り、新たな人生を歩み始めた。

今後の生活が良い方へ向かうのか否か、新たな地獄が待ち受けているのかなど、誰にもわからない。

それでも、からす一家は歩みを止めはしない。少しずつでも良い方向へ向かい、明るい未来が待っていると信じて、進んでいこうとしているのだ。

だがそんなからす一家に、運命の女神はまだ微笑みかけはしなかった。

期待は空しく打ち破られ、更なる試練の嵐が襲い掛かり、運命に翻弄されることになる。相変わらず、苦難から逃れることはできないのである。

再び新たな地獄が始まる、その火蓋が切って落とされようとは、その時からす一家は、知る由もなかった。

果たしてからす一家が地獄から抜け出せ、再び天国へ舞い戻れる日は来るのだろうか？

天国から地獄へ　旅がらす二重生活

二〇一五年五月二十日　初版第一刷発行

著者　夢空かもめ
発行者　谷村勇輔
発行所　ブイツーソリューション
〒四六六・〇八四八
名古屋市昭和区長戸町四・四〇
電話　〇五二・七九九・七三九一
ＦＡＸ　〇五二・七九九・七九八四
発売元　星雲社
〒一一二・〇〇一二
東京都文京区大塚三・二一・一〇
電話　〇三・三九四七・一〇二一
ＦＡＸ　〇三・三九四七・一六一七
印刷所　藤原印刷

ISBN978-4-434-19895-3